Ânsia Eterna

Júlia Lopes de Almeida

Contos

Vermelho Marinho
Rio de Janeiro
2023

Editor chefe
Tomaz Adour

Design
Light Criacão
Ilustrações
Hermes Ursini
Diagramação
Carlos Borges Jr

Revisão e Preparaçãode texto
Equipe Vermelho Marinho

Texto revisado e atualizado conforme
definições do novo Acordo Ortográfico
da Língua portuguesa de 2009

Dados Internacionais de Catalogação na Publicação (CIP)
Fabio Osmar de Oliveira Maciel – CRB-7 6284

A447h

Almeida, Júlia Lopes

Ânsia Eterna / Júlia Lopes de Almeida. – 1. ed. –
Rio de Janeiro: Vermelho Marinho, 2023.

214 p. ; 21 cm.

ISBN 978-85-8265-346-3

1. Contos brasileiros I. Título.

689-065-23 CDD : 869.93

Índice para catálogo sistemático:
1. Contos : Literatura Brasileira 869.93

VERMELHO MARINHO

Editora Vermelho Marinho Usina de Letras Ltda Rio de Janeiro
Departamento Editorial Avenida Gilka Machado, 315-bloco2-casa 6
Recreio dos Bandeirantes - Rio de Janeiro - RJ CEP 22795-5670
www. editoravermelhomarinho.com.br

Sumário

BOX JULINTO: APRESENTAÇÃO

Anna Faedrich

Esse sentimento de mútua admiração é um dos encantos daquele lar. Filinto esquece os seus versos e pensa nos romances da esposa. Leva-a a certos trechos da cidade para observar o meio onde se desenvolverão as cenas futuras, é o seu primeiro leitor, ajuda-a com um respeito forte e másculo. D. Julia ama os versos do esposo, quer que ele continue a escrever, coordena o volume prestes a entrar no prelo. E ambos, nessa serena amizade, feita de amor e de respeito, envolvem os filhos numa suave atmosfera de bondade.

João do Rio
O momento literário (1908)

Neste Box Julinto, a editora Vermelho Marinho reúne obras da notável escritora Julia Lopes de Almeida (Rio de Janeiro, 1862-1934) e de seu marido, o poeta e dramaturgo Filinto de Almeida (Porto, 1857 - Rio de Janeiro, 1945). *Ânsia eterna*, de Julia, *Dona Julia*, de Filinto, e *A casa verde*, assinado por A. Julinto (junção de Julia e Filinto), compõem esta coleção. O casal Julinto – como se autodenominavam – marcou a cena literária carioca da *Belle Époque*. Em seu casarão no bairro Santa Teresa, ofereciam os celebrados saraus do "Salão Verde", onde recebiam grandes nomes da literatura. Ambos participaram da idealização da Academia Brasileira de Letras, embora somente Filinto tenha se tornado imortal, na cadeira de número 3. Por ser mulher, Julia não figurou no panteão dos acadêmicos, mas também nunca se manifestou a respeito da exclusão. Decorreram oitenta anos para uma escritora poder se candidatar a uma vaga e entrar na ABL, caso de Rachel de Queiroz em 1977. Vale notar que a proibição de mulheres não era uma decisão unânime. Filinto e outros acadêmicos, como Lúcio de Mendonça e Valentim Magalhães, se opunham à restrição. Em entrevista a João do Rio, Filinto lamenta que a maior romancista do país esteja fora da Academia:

— Há muita gente que considera D. Julia o primeiro romancista brasileiro.

Filinto tem um movimento de alegria.

— Pois não é? Nunca disse isso a ninguém, mas há muito que o penso. Não era eu quem devia estar na Academia, era ela.

Rumores há sobre a mediocridade da poesia de Filinto e sobre sua entrada no lugar da esposa como uma "gentileza compensatória". Fernando Jorge anota que Filinto recebeu a alcunha de "acadêmico consorte": "Lá vem 'O Acadêmico Consorte', que como poeta está sem sorte...", dizia Carlos de Laet ao ver Filinto[1]. Claudio Lopes de Almeida, neto do casal, tem interpretação diversa. Alega que Filinto gozava de prestígio e influência à altura de sua vaga na ABL. Para Claudio, o avô não entrara *no lugar* de Julia, pois os dois integrariam à Academia. É inegável a notoriedade do poeta, basta folhear exemplares dos periódicos da época para comprová-la. Nos registros da filha Margarida, consta a sua posição de destaque na Literatura Brasileira após publicar *Lyrica*: "O livro teve imenso sucesso, o que lhe facilitou ser escolhido para ir acompanhar em Lisboa a impressão dos *Anais da Câmara dos Deputados de São Paulo*, trabalho que, naquela época, não podia ser feito no Brasil. A bordo, aproximando-se da terra em que nascera, mas que deixara aos nove anos de idade, extravasava em versos a sua ansiedade"[2]. A obra de Filinto acabou esquecida. Ao trazer à

1 JORGE, Fernando. *A Academia do fardão e da confusão*. A Academia Brasileira de Letras e os seus "imortais" mortais. São Paulo: Geração Editorial, 1999, p. 25.

2 ALMEIDA, Margarida Lopes. Biografia de Dona Julia. In: ALMEIDA, Julia Lopes. O funil do diabo. Organização e introdução Zahidé Lupinacci Muzart. Florianópolis: Ed. Mulheres, 2015, p. 193.

luz *Dona Julia* abre-se espaço para análise e consideração de seus sonetos, bem como um juízo mais independente de sua qualidade, ao contrário das avaliações forjadas nos círculos de relações da época e reproduzidas ainda hoje sem o devido exame.

Julia Lopes de Almeida é uma entre tantas escritoras que tiveram sucesso no período da *Belle Époque* brasileira, mas cuja obra foi desvanecendo nos registros literários posteriores. Não havia razão de ser assim. Para a crítica literária Lúcia Miguel Pereira (1901-1959), a autora de *Ânsia eterna* é "a maior figura entre as mulheres escritoras de sua época, não só pela extensão da obra, pela continuidade do esforço, pela longa vida literária de mais de quarenta anos, como pelo êxito que conseguiu com os críticos e com o público; todos os seus livros foram elogiados e reeditados, vários traduzidos, sendo que se consumiu em três meses a primeira tiragem de *Família* Medeiros"[3]. Felizmente, a obra de Julia tem sido reeditada, estudada e recobra gradualmente espaço no rol dos escritores canônicos. Romancista de mão cheia, os romances de Julia foram publicados em folhetim com invejável repercussão. Escreveu peças teatrais, alguma delas encenadas no Teatro Municipal do Rio de Janeiro, crônicas, publicadas na coluna semanal "Dois dedos de prosa" no jornal *O Paiz*, e textos voltados para o público infantil, desempenhando papel importante neste gênero literário junto com sua irmã, a poeta Adelina Lopes Vieira (1850-1923).

No livro de contos *Ânsia eterna*, o prazer da leitura está garantido. O domínio e maestria da escrita caracterizam o estilo literário inconfundível de Julia, bem como a variedade e a ousadia temáticas. Ao mesmo tempo em que os contos pincelam a sociedade patriarcal do início do século XX, há ainda atualidade nos temas: feminicídio; abusos, estupro e violência doméstica; gravidez; maternidade; preconceitos diversos, conservadorismo e "bullying"; submissão feminina; desigualdades de gênero. Sua obra dá protagonismo às mulheres e esbanja estratégias de ficcionalização dos perfis femininos. Os contos abordam temas polêmicos, criticam e

3 PEREIRA, Lúcia Miguel. *História da Literatura Brasileira:* prosa de ficção (de 1870 a 1920). Belo Horizonte: Itatiaia; São Paulo: Editora da Universidade de São Paulo, 1988, p. 260.

denunciam as intempéries vividas pelas mulheres em sua diversidade, e contém desfechos frequentemente desconfortáveis ao leitor. A imprevisibilidade é capaz de arrebatar e emudecer o(a) leitor(a). A escrita de Julia é esperta e traiçoeira, pois parece conduzir por caminhos de interpretação seguros, até que nos surpreende pela quebra repentina de expectativa. Você não sairá indiferente após a leitura de "Os porcos", por exemplo. Ainda mais quando se sabe que o caso não é pura imaginação, mas uma história que Julia ouvira na fazenda: "Os homens do mato são em geral maus. A narração era feita com indiferença, como se fosse um fato comum. Horrorizou-me"[4]. Alguns contos se inscrevem na vertente do fantástico e na tradição gótica; brincam com o sobrenatural. Mas quando convencidos de se tratar de uma boa ficção de horror, a narração nos puxa para um realismo estarrecedor.

Filinto de Almeida foi poeta, dramaturgo, tradutor, jornalista e apaixonado por Julia Lopes de Almeida. A coletânea de sonetos *Dona Julia* contida neste box foi publicada em 1938, quatro anos após o falecimento da esposa. O livro não foi exposto à venda – "Não, não são para o público estes gritos, / Estes soluços e lamentações"[5] – por isso, a circulação da obra é inédita. Filinto encarna o "Poeta da Dor" e registra em versos seu pranto. Trata-se de uma ode ao amor e a elegia de um viúvo arrebatado pela perda irrecuperável. O livro é dividido em duas partes: "Em vida de D. Julia", composta por três poemas anteriores à morte de Julia – "Excelsa" (1908), "No seu dia" (1913) e "O que tu és" (1932); e "Dona Julia", com 60 poemas-luto. A leitura nos dá a medida da força dos vínculos de uma vida conjunta por quase 50 anos. Em carta a Filinto, Cecília Meireles registrou sua admiração por Julia e a comoção com os versos do poeta desolado: "Com a mais viva emoção, li os formosos sonetos de *Dona Julia*. Não poderia haver homenagem mais justa e mais enternecedora àquele belíssimo espírito que

4 RIO, João do. *O momento literário*. Fundação Biblioteca Nacional: Departamento Nacional do Livro. Disponível em: <http://www.dominiopublico.gov.br/download/texto/bn000134.pdf>. Acesso em: 7 jul 2021.

5. Primeiros versos do poema "Pórtico", de Filinto de Almeida, em *Dona Julia* (1938, p. 15).

estes seus versos impregnados de tão religiosa devoção. E eu, que sempre a venerei com o mais doce carinho, sinto a minha saudade feliz, vendo-a altamente imortalizada na sua poesia".

Romance escrito a quatro mãos, *A casa verde* era o preferido de Julia, por ter sido escrito com o marido e lembrar "uma porção de momentos felizes". O título é uma referência à casa que compõe o cenário do romance, situada em Niterói, com as paredes revestidas de heras e uma figueira imensa no jardim. Daí a cor verde, que representa também o apreço de Julia pela ecologia, sobretudo pelas árvores frutíferas (um de seus livros se intitula *A árvore*). É possível que o leitor sinta alguma familiaridade com o título, pois anos antes uma "casa verde" aparecia em *O alienista* (1882), de Machado de Assis, espaço para abrigar os loucos de Simão Bacamarte. A casa verde de Julinto possivelmente alude ao salão verde do casarão de Santa Teresa, espaço dos saraus literários, que recebeu este apelido por ficar no jardim.

O romance inicia com uma tendência ao horror: "Dizia a lenda que naquele sítio fora assassinada uma mulher, que o marido enterrara ainda agonizante, plantando-lhe sobre a sepultura uma cruz feita com um galho verde de figueira brava. Fora dessa cruz tosca, fincada na terra pela mão de um pecador, que tinha rebentado a árvore que ali estava agora, imensa e tenebrosa". A casa era vista como assombrada por todos, menos por seu comprador, o inglês Mr. Lane, cuja racionalidade não permitia acreditar em almas penadas: "Só a peso de ouro os operários consentiram em pernoitar nas obras como vigias; mas nunca sozinhos. Um deles afirmava ter visto pelas madrugadas uma mulher chorando, encostada à figueira. Outro sentira alisar-lhe o rosto mãos finas e geladas, em carícias lentas. Mr. Lane não os ouvia".

A história gira em torno de Mr. Lane e sua filha Mary, órfã da mãe baiana. Uma série de intrigas e peripécias se desenrolam em narrativa fluida, bem escrita e gostosa de se ler! Assim como nas comédias de Molière, salvo o fato de não provocar riso, o leitor não fica ileso às tramas e aos golpes do vilão, nem aos encontros e desencontros amorosos, tamanha a vontade de interagir com a narrativa. Outra semelhança é o tom crítico aos costumes conservadores e machistas da época, que levavam as mulheres insubordinadas ao desfecho trágico.

Reeditar *Ânsia eterna*, *Dona Julia* e *A casa verde* é trazer ao público-leitor a chance fruir uma literatura envolvente – nos três gêneros literários: conto, poesia e romance –, e passear pela atmosfera moderna do início do século XX com um dos casais mais queridinhos da *Belle Époque* carioca. Vida longa a iniciativas como esta da Vermelho Marinho, que redescobrem e ampliam a difusão de autores esquecidos e dão ensejo a reescritas mais abrangentes e menos enviesadas da história da literatura brasileira.

Anna Faedrich

JÚLIA, UMA CRÍTICA DE SEU TEMPO

"Tudo se pode escravizar no mundo, menos o pensamento"
Júlia Lopes de Almeida, *A mulher e a arte* (sem data)

A *Belle Époque* brasileira, símbolo de transformações culturais e urbanas significativas entre os séculos XIX e XX, foi também um momento proficuo para a circulação de escritos femininos e feministas. No bojo da intelectualidade carioca, Júlia Lopes de Almeida foi talvez uma das principais vozes que ecoaram das páginas dos periódicos, das editoras e dos salões literários. A escritora nasceu no Rio de Janeiro, em 1862, mas passou a juventude em Campinas, no interior de São Paulo, e morou ao longo da vida em cidades como Lisboa, São Paulo e Paris, acabando por se estabelecer, na maior parte de sua vida, em sua cidade natal, onde morre, em 1934.

Autora de contos, crônicas, romances e peças de teatro, também atuou como conferencista e publicou manuais de comportamentos e de jardinagem, bem como livros infantis, sendo alguns utilizados durante muito tempo em escolas públicas brasileiras. Os diversos gêneros pelos quais se aventurou abrangem cerca de quarenta obras, as quais envolvem ainda parcerias autorais com a irmã, Adelina Lopes Vieira, com o marido, Filinto de Almeida, e com o filho mais velho, Afonso Lopes de Almeida.

Bastante respeitada e valorizada em sua época, Júlia foi cogitada para ingressar na formação da Academia Brasileira de Letras, em 1897. Assunto este que, como já largamente apontado por pesquisadoras como Peggy Sharpe[1], traz uma clara dimensão de gênero:

1 SHARPE, Peggy. O caminho crítico d'A viúva Simões. In: ALMEIDA, Júlia Lopes de. *A viúva Simões*. Florianópolis: Editora Mulheres, 1999. p.9-26.

assim como outras autoras citadas para adentrarem a instituição, Júlia foi retirada dos nomes finais devido à opção dos membros em "seguir o modelo francês", isto é, que só aceitava homens.

A autora também ficou conhecida por promover um dos principais salões literários da elite intelectual da então capital brasileira, conhecido como Salão Verde. Assim, segundo Leonora de Luca, Júlia atuou em sua carreira construindo reconhecimento entre seus pares, obtendo elogios e conquistando lugares de prestígio dificilmente alcançados por mulheres autoras, as quais eram frequentemente vítimas de críticos literários misóginos e ataques à qualidade de seu trabalho. Nas palavras da pesquisadora, a escritora "abria para as brasileiras um novo espaço, antes vedado a elas – realizando assim a façanha de tornar-se uma verdadeira profissional das letras, num terreno monopolizado pelos homens"[2].

Vale reforçar contudo que, além da ficção, Júlia engajou-se constantemente nos debates de seu tempo. Quando jovem, esteve ao lado dos abolicionistas e escreveu em favor do fim do trabalho escravo. Depois, já consolidada na carreira, tratou largamente sobre as reformas urbanas do Rio de Janeiro, criticando o descaso com a arborização e com o ajardinamento da cidade, bem como expôs com frequência a desigualdade entre homens e mulheres, posicionando-se sobre temas como o divórcio e o voto feminino e participando de grupos e eventos feministas.

Uma das ricas faces da escrita da autora são as crônicas escritas para a coluna "Dois dedos de prosa"[3], no jornal *O País*, na virada entre as décadas de 1900 e 1910. Nesses textos, a literata explorava diversos assuntos em efervescência no cotidiano carioca urbano. Trazendo à tona uma perspectiva humanizada sobre a cidade, Júlia traça em palavras a circulação dos trabalhadores, os aplausos no teatro, a vida das mulheres da elite e as alterações na

2 LUCA, Leonora de. O "feminismo possível" de Júlia Lopes de Almeida (1862-1934). *Cadernos Pagu*. Campinas, n.12, 1999, p. 280.

3 Um compilado desses textos foram publicados em uma edição especial da Biblioteca Nacional, organizada por três pesquisadores. Referência completa: FAEDRICH, Anna; STASIO, Angela di; RIBEIRO, Marcus Venicio (Orgs.). *Dois dedos de prosa:* o cotidiano carioca por Júlia Lopes de Almeida. Rio de Janeiro: Fundação Biblioteca Nacional, 2016.

paisagem, defendendo sempre que "o Rio é uma tela enorme e muito desigual, para poder ser pintada toda ela por pinceladas homogêneas"[4]. A partir de sua veia cronista, a cultura e a sociedade do entresséculos se abrem aos nossos olhos, sob a perspectiva de uma mulher que circulava pelos diversos ambientes, com olhar analítico, atento e criativo.

Em 19 de janeiro de 1909, por exemplo, Júlia comenta sobre a violência policial nas zonas periféricas do Rio de Janeiro, alegando que "os homens pacíficos" nunca temem os "arruaceiros ou os revoltosos, mas sim a polícia", que, ainda que supostamente encarregada de proteger a população, na verdade a amedrontava, já que "muita dessa gente pacífica tombou ferida pelas balas dos soldados enfurecidos"[5]. A crônica é encerrada com o questionamento sobre a validade da atuação policial, uma vez que, após denunciar as agressões, a autora deslegitima o autoritarismo da polícia, que imponha condições abusivas de restrição de circulação à maioria da população, necessitada de ter acesso às ruas nos mais diversos horários para sua sobrevivência. A análise de Júlia assusta pela sua atualidade diante de um Brasil até hoje marcado profundamente pela violência policial e pela manutenção das desigualdades sociais no meio urbano, limitando o acesso à cidade e excluindo a população periférica.

O tema das fraturas sociais também atravessa as diversas críticas da autora aos horários restritos de funcionamento das bibliotecas e às poucas atividades culturais públicas. De modo semelhante, em 25 de agosto de 1908, na mesma coluna do jornal *O País*, Júlia aponta que a justiça se fazia cega e surda, já que não retardava em "condenar um ladrão de botas rotas ao cárcere e deixar passear o outro de botas de verniz reluzente pelos salões", abandonando analfabetos nas prisões e libertando ricos para continuarem a intervir nos negócios públicos[6].

Chama atenção que, na mesma crônica, Júlia convenientemente destaque também a desigualdade entre os gêneros, afirmando que

4 Ibidem, p. 245.
5 Ibidem, p. 30-31.
6 Ibidem, p. 24.

"aqui o homem é ainda um inimigo da mulher", já que, para ela, o Brasil estaria muito atrás de outros países na concessão dos direitos femininos. E não é apenas nesse texto que seus posicionamentos críticos à cultura patriarcal emergem: na verdade, o assunto atravessa diversos de seus escritos, como os em que assinala os problemas no fechamento de escolas femininas e nos que denuncia a inimizade dos homens à instrução feminina.

Contudo, vale ressaltar que é em especial em suas conferências, ensaios e romances que Júlia transforma sua pena em instrumento de crítica e criação feminista. Em "A mulher e a arte" (sem data), por exemplo, a escritora faz uma análise da desigualdade entre homens e mulheres nos campos intelectual e artístico. Conferência encontrada no acervo da Academia Brasileira de Letras[7], o texto não possui data, mas estima-se ser escrito entre o final da década de 1920 e o início dos anos 1930, por conta de dados históricos presentes no texto, ainda que palestras de mesmo título sejam encontradas nos anúncios da imprensa muito antes[8]. No texto, Júlia afirma que "para uma mulher conseguir em arte metade do que consegue um homem, de igual talento e de igual vontade, tem que despender o décuplo do esforço"[9], uma vez que apenas a eles seriam reservadas a educação formal e a simpatia social. Ainda assim, ela diz observar a perseverança de artistas mulheres, lutando para conquistar espaços cada vez maiores nas bibliotecas, nos museus e nas academias. Em suas palavras:

7 Boa parte do acervo atual foi doado à Academia Brasileira de Letras pelo neto da escritora, Claudio Lopes de Almeida, em 2010. O acervo integra o conjunto de documentos de Filinto de Almeida, marido de Júlia e fundador da ABL.

8 Sobre as possibilidades de data de "A mulher e a arte", ver CAMPELLO, Eliane T. A. "A mulher e a arte", na visão de Júlia Lopes de Almeida. In: Seminário Internacional Mulher e Literatura, 3, 2007, Ilhéus. *Anais do XII Seminário Nacional Mulher e Literatura* (Disponível em: http://www.uesc.br/seminariomulher/anais/PDF/ELIANE%20TEREZINHA%20DO%20AMARAL%20CAMPELLO.pdf) e TREVISAN, Gabriela Simonetti. O talento desveste as calças. In: *A escrita feminista de Júlia Lopes de Almeida*. São Paulo: Intermeios, 2021, p. 22-64.

9 ALMEIDA, Júlia Lopes de. "A mulher e a arte". *História: Questões & Debates*. Curitiba, v. 67, n.1, jan./jun. 2019, p. 353. A publicação do texto, antes inédito, foi prefaciada por mim, em parceria com a Prof.ª Dr.ª Margareth Rago. Mantive nas citações do texto a grafia original de Júlia Lopes de Almeida.

> É evidente que nem estas escritoras nem todas as outras que de algum modo tenham recebido manifestações de apreço, quer das academias quer dos governos dos seus respectivos paises, como muitas da França condecoradas com a Legião de Honra, foram agraciadas pelo simples motivo de serem senhoras, mas por que não lhes puderam negar o que elas conquistaram á força de talento, que não tem sexo, embora o mundo teime em vesti-lo de calças quando o quer adular! O das mulheres, como disse o poeta Castilho, – foi atirado para a roda dos engeitados... mas da roda ou do cárcere, quando tenha nascido com o filão luminoso do sonho, ele desertará cedo ou tarde, torcendo grades ou arrancando fechaduras[10].

Tecendo críticas contundentes à cultura patriarcal de seu tempo, a autora ainda reflete em seu texto que, por mais que se tente aprisionar as mulheres na domesticidade, o pensamento não pode ser escravizado[11], e, dessa forma, aponta para a dimensão libertária do pensamento crítico feminino e feminista. Para embasar seu argumento, Júlia disserta sobre dezenas de mulheres dançarinas, atrizes, escritoras, cientistas, pintoras, esculturas, entre várias outras profissões que atravessam a criação e a inventividade. Entre elas, cita Grazia Cosima Deledda, Safo, Harriet Stowe, George Elliot e Marie Curie, trazendo à tona sua erudição e conhecimento. Dessa forma, a literata sustenta a defesa das múltiplas possibilidades para as vidas femininas, as quais não caberiam em categorias determinadas pela inferiorização sofrida pelas mulheres diante de seus pares masculinos, segundo ela.

De fato, ao longo de sua vida, Júlia conformou seus posicionamentos feministas, que começam a se tornar mais explícitos em seus escritos a partir da virada para o século XX. Já na década de 1910, a autora passa a se posicionar nos jornais a favor do divórcio e, em 1919, como aponta Leonora de Luca, aparece como participante do grupo fundado pela sufragista Bertha Lutz, a Federação Brasileira pelo Progresso Feminino[12]. Nessa direção, chega a presi-

10 Ibidem, p. 354.

11 A comparação da subjugação patriarcal das mulheres era frequentemente comparada à escravidão por diversas autoras do período além de Júlia, como Nísia Floresta, Josephina Álvares de Azevedo e Ercília Nogueira Cobra.

12 LUCA, Leonora de. Idem, p. 277.

dir sessões do grupo e a viajar como sua representante para o 10° Congresso da Aliança Internacional pelo Suffragio Feminino, em Paris, em 1926.

Contudo, como já apontado, a dimensão feminista do pensamento de Júlia não só abrange seus textos direcionados marcadamente ao posicionamento político, como suas conferências e crônicas, mas também atravessa seus modos literários de criar ficções, narrando histórias de personagens femininas complexas que esbarram de diversos modos na normatividade patriarcal. Em romances como *A família Medeiros*, de 1893, e *Correio de roça*, de 1913, por exemplo, o ambiente rural se torna cenário do protagonismo feminino como agente transformador dos espaços e das subjetividades. Na primeira obra, a protagonista é Eva, jovem abolicionista de dezenove anos que herda do pai uma fazenda de trabalho livre, mas se vê obrigada a morar com o tio, um escravocrata. Ao longo do enredo, a moça traça uma série de embates com o parente, organizando a compra de alforrias e sendo acusada de organizar uma revolta escrava. O nome da personagem não é despropositał: a primeira mulher na crença bíblica, culpada pela Queda, dá nome a uma jovem vista como diabo pelos patriarcas do interior de São Paulo, onde se passa a história, mas também como heroína e transgressora ao propor críticas à sociedade de sua época, segundo um claro posicionamento do narrador. Assim, Júlia Lopes de Almeida esgarça o imaginário cristão sobre as mulheres, defendendo Eva ao ressignificar seu nome, tirando das mulheres a culpa para depositar nelas a esperança de transformação social.

Já no segundo romance, *Correio da roça*, Maria e suas quatro filhas se deparam com a morte repentina do marido e pai, o qual deixa de herança uma série de dívidas e apenas uma propriedade rural abandonada. Acostumadas à vida elitizada e urbana da cidade carioca, essas mulheres precisam enfrentar uma mudança radical de suas rotinas e, na troca de cartas com a amiga Fernanda, abraçam o objetivo de transformar também a fazenda. Assim, pouco a pouco, o ambiente rural ganha escolas, festivais culturais, pomares, estradas e até mesmo um hospital. Desse modo, Júlia constrói um ambiente humanizado pelas mãos femininas, com o protagonismo das mulheres na crítica aos modos patriarcais e destrutivos de lidar com a natureza, bem como na criação da proposta de outros modos de vida.

Outro romance da autora que chama atenção pela parceria feminina – agora no ambiente urbano – é A falência, de 1901. Retratado no período do Encilhamento, quando o café sofre uma grave crise, o enredo narra a história de Francisco Teodoro e sua esposa Mila. Assim, o leitor acompanha o processo de falência financeira do patriarca, português que ascende socialmente em solo brasileiro, bem como de falência moral da família burguesa, atravessada de hipocrisias e fortemente marcada por uma estrutura patriarcal. Mila se vê viúva, julgada socialmente por um adultério que cometeu em um casamento infeliz, feito por conveniência, e, no fim, alia-se às outras mulheres de sua família para sobreviverem de seu trabalho, sem a figura masculina. Ao analisar esses romances, Norma Telles, importante pesquisadora da área, aponta que

> Os laços fortes, nos romances de Júlia Lopes de Almeida, são em geral entre as personagens femininas, especialmente em situação de dificuldade financeira, tendo de lutar pela sobrevivência, isto é, longe do mundo do poder e dos grandes negócios. Gosta de fazer suas mulheres ficarem pobres. Perceberem sua falta de preparo e conseguirem superar a lacuna, organizando um modo de vida que não é o do grande mundo[13].

Além das relações de afeto tecidas pelas personagens femininas de Júlia, outro tema frequente é a dimensão do corpo, do casamento e da maternidade, atravessados por problematizações subjetivas de suas mulheres ficcionais. Em *A viúva Simões*, de 1897, por exemplo, Ernestina e sua filha se apaixonam pelo mesmo homem, trazendo à tona um lado perverso da maternidade: a cobrança social da abnegação. A protagonista se recusa a abandonar suas paixões e seus desejos, deparando-se com um universo de julgamentos morais – tanto de si para si mesma quanto diante dos outros –, que levam ao desfecho de frustração e infelicidade, no romance.

13 TELLES, Norma. *Encantações*: escritoras e imaginação literária no Brasil, século XIX. São Paulo: Intermeios, 2012, p. 455.

Sensação de deslocamento semelhante é encontrada nas narradoras de *Eles e elas*, publicado por Júlia em 1910, reunindo textos divulgados no jornal O País entre os anos de 1907 e 1909. Nele, ensaios intercalados entre narrativas sob o ponto de vista masculino e feminino dão o tom de uma discussão sobre o lugar do casamento de acordo com as diferentes experiências generificadas de esposas e maridos. Assim, enquanto os narradores masculinos criticam a suposta levianidade das cônjuges, as narradoras femininas apontam as tentativas de controle de seus corpos pelos esposos e a exclusão das mulheres do mundo dito racional, público e, enfim, masculino. Uma delas afirma, por exemplo: "sou uma boneca de carne e osso; não sou mais nada. A minha dependência é o motivo da felicidade que todos celebram ao redor de mim"[14].

Apesar de toda essa densidade intelectual e literária, a produção de Júlia é ainda profundamente desconhecida da maioria da população brasileira. Contudo, os ares começam a mudar com cada vez mais novas edições – como esta que o(a) leitor(a) tem em mãos –, e com as mudanças nos livros didáticos e nas listas de leituras dos vestibulares, que passam a incluir mais mulheres em suas listas e catálogos. Tal silenciamento, contudo, não deixa de trazer à tona a cicatriz da desigualdade entre os gêneros, como muito bem pontuado por Zahidé Lupinacci Muzart ao tratar da conformação do que é chamado de "cânone literário". Principal nome da Editora Mulheres[15], importante iniciativa feminista, Muzart aponta que o cânone é histórico, cultural e social, ligado às "dominantes ideológicas, estilo de época, gênero dominante, geografia, sexo, raça, classe social e outros"[16]. Assim, o que não é eternizado pelos di-

14 ALMEIDA, Júlia Lopes de. *Eles e Elas*. Rio de janeiro: Francisco Alves & C.A., 1910, p. 25.

15 A Editora Mulheres foi talvez a principal iniciativa editorial feminista responsável por retirar diversas escritoras brasileiras do século XIX e início do século XX do silenciamento. Ela teve início em 1996, com a liderança de Zahidé Lupinacci Muzart, que, na ocasião da fundação, contava também com a parceria de Elvira Sponholz e Susana Bornéo Funck. Infelizmente, com o falecimento de Zahidé, em 2015, faleceu também o precioso projeto político da Editora Mulheres.

16 MUZART, Zahidé Lupinacci. A questão do cânone. *Anuário de Literatura*, vol. 3, 1995, p. 86.

tames acadêmicos é relegado à inferiorização, espaço imposto à autoria feminina do século XIX. Contudo, como Muzart enfatiza, as escritoras foram muitas, múltiplas e críticas, e recuperá-las é um projeto político e transgressor.

É possível observar a manutenção desse silenciamento nos livros clássicos que estudam a literatura brasileira, não só de autores homens, como os brilhantes Antônio Cândido e Alfredo Bosi, mas também no de mulheres, como a famosa crítica literária Lúcia Miguel Pereira. Apesar do tom elogioso que esta última lança a algumas obras de Júlia, como *Ânsia eterna*, considerado por ela "a sua melhor obra", Pereira categoriza a escritora como "sorriso da sociedade". Com essa expressão, a crítica literária diz se referir aos autores "amadores" e que possuíam a literatura como "recreação", deixando de lado temas literários de fato fundamentais, pois "se deixam ficar na superfície da vida"[17].

Muito longe de uma escrita superficial, Júlia Lopes de Almeida debruçou-se sobre o diverso universo feminino, tanto em sua escrita ficcional quanto em sua vida e carreira. Tal dimensão múltipla não escapou à própria escritora, já que também navegou por diferentes espaços, opiniões e modos de escrita. Assim, ao mesmo tempo em que escreveu ficções críticas à cultura patriarcal e posicionou-se como feminista em diversos momentos, também publicou manuais de comportamento – *Livro das Noivas* (1896) e *Livro das Donas e Donzelas* (1906) –, nos quais idealizava o matrimônio e elogiava a domesticidade. Atravessada por complexidades, essa escritora utilizou-se de seu espaço de prestígio nas elites para consolidar uma carreira no campo literário. Desse modo, não é possível saber se seus diversos posicionamentos são partes de jogos de poder que garantiram sua posição privilegiada ou se conformam formulações em processo ao longo de sua existência de mais de sete décadas. Todavia, é fundamental destacar que Júlia cunhou um lugar importante para a crítica feminista e para as possibilidades de criação de outros mundos para as mulheres, deixando um legado de pioneirismo e trilhando caminhos para escritoras futuras.

17 PEREIRA, Lúcia Miguel. *História da literatura brasileira:* prosa de ficção, de 1870 a 1920. Belo Horizonte/ São Paulo: Itatiaia/ Edusp, 1988, p. 245.

Nesse sentido, é possível analisar seus modos de narrar como uma "poética feminista", conceito que, segundo Lúcia Helena Viana, se refere a uma escrita engajada e política[18]. Nas palavras da pesquisadora, uma poética que pode ser pensada como feminista é, antes de tudo, uma discursividade que "contribua para o desenvolvimento e a manifestação da consciência feminista", possibilitando a produção de conhecimento pelas mulheres e sobre mulheres, afirmando sua importância na cultura e denunciando os mecanismos de exclusão[19]. Trata-se, enfim, da produção de outros imaginários, abertos à diferença e críticos da exclusão.

Olhar analiticamente para Júlia é observar como uma intelectual, no centro urbano brasileiro da *Belle Époque*, elaborava as diversas interdições pelas quais passavam não só literatas, mas as mais diversas mulheres em uma cultura profundamente patriarcal e normativa. A escrita almeidiana, recheada de potentes personagens femininas, abriu espaços imaginativos para as transgressões, algo que passa longe de um "sorriso da sociedade". E, como uma crítica de seu tempo, Júlia observou as classes trabalhadoras e a elite, a cidade e o campo, a arte, a construção do Brasil moderno e o cotidiano familiar, percebendo o protagonismo feminino diante de um mundo que cada vez mais se abria às mulheres e às suas experiências.

Essa importância da abertura de caminhos é percebida pela própria autora, quando, em diversos escritos, aponta para a mudança que via na cultura, ao ver cada vez mais mulheres nos espaços artísticos, científicos, intelectuais e políticos. É claro que o acesso a esses lugares ainda se mantinha restrito às mulheres das classes altas e brancas, enquanto as trabalhadoras nunca deixaram de estar nas ruas e circulando pela cidade, vencendo barreiras de gênero nas zonas não elitizadas. Mas, ainda assim, vale reforçar a importância do acesso e do impacto que a ocupação feminina dessas posições acadêmicas gerava, abalando estruturas na moral burguesa e masculina. Um desses escritos, o ensaio *Maternidade*, de 1925, já no

18 VIANNA, Lúcia Helena. Poética feminista – poética da memória. Labrys: estudos feministas. n.4, 2003, não paginado (Disponível em: http://www.labrys.net.br/labrys4/textos/lucia1.htm).

19 Ibidem, não paginado.

final da carreira de Júlia, é um exemplo de como a autora analisava um mundo já em transformação e apontava como a feminização da cultura enriquecia as experiências humanas. Assim, vale finalizar essas breves reflexões com as palavras da própria escritora:

> Por enquanto, entre nós, pelo menos, a mulher é ainda uma vítima do seu meio. Ela se deixa imbuir pelas ideias que ouve debater a sua volta e muitas vezes mesmo excede, sem reflexão, em palavras impensadas certas opiniões que não podem, e de facto não estão de acordo com o seu modo mais intimo de sentir. É porque essas ignoram o que está no fundo da sua consciencia porque nunca as ensinaram a olhar para dentro.
>
> Embora pareça estúpido o dizer-se, creio que teríamos alguma cousa a aprender em nós mesmas se prestassemos atenção a todos os indicios de forças que latejam sepultadas em nossa inteligencia, como vestigios de um passado perdido ou como formação inda mal esboçada de um futuro diverso[20].

***

Ânsia eterna foi publicado por Júlia pela primeira vez em 1903, reunindo contos que escreveu ao longo de vários anos. Editado pela Garnier, um dos mais badalados grupos editoriais da elite intelectual carioca da época[21], a publicação ganhou prestígio e reconhecimento. O título da obra é retirado do conto que abre a coletânia, no qual é narrada a decepção amorosa de um escritor. Contudo, ao longo da leitura, percebemos que a escolha não foi em vão e aleatória, como veremos adiante.

Nessa versão publicada em 1903, a qual se encontra em nova edição nas mãos do(a) leitor(a), Júlia reuniu trinta contos, alguns dos quais já haviam sido publicados em jornais, como é o caso de "Os

20 ALMEIDA, Júlia Lopes de. *Maternidade*. Rio de Janeiro: Editora Olivia Herdy de Cabral Peixoto, 1925, p. 64-65.

21 Fundada pelo parisiense Baptiste Louis Garnier, a Garnier Irmãos, renomeada depois como B.L. Garnier, funcionou no Rio de Janeiro entre 1844 e 1934, sendo ligada à filial francesa pertencente aos dois irmãos mais velhos de Baptiste. Ficou famosa no mercado editorial da época pela publicação de autores de renome, como Machado de Assis.

porcos". Nesse conto, a autora narra sobre a cabocla Umbelina e sua gravidez indesejada, fruto de sua relação com o filho do patrão. Ameaçada pelo pai de ter seu filho jogado aos porcos – espécie de punição pelo fato de ter sido "desonrada" –, a jovem sai em trabalho de parto pela fazenda, com o objetivo de chegar à casa do homem que a enganou e matar a criança em sua porta. Assim, acompanhamos o sofrimento da personagem nas dores físicas e psíquicas, encarando solitária a renegação do pai, do amante e da sociedade.

O conto ganha um concurso, em 1894, na *Gazeta de Notícias*. Na ocasião, Júlia utiliza o pseudônimo Francisco Affonso, o que, até onde se saiba, é a única vez em que a literata lança mão desse recurso. Ainda que o próprio periódico assinale a desconfiança de se tratar de sua própria colaboradora – na época, Júlia escrevia para a *Gazeta* –, é interessante notar que ela tenha escolhido uma assinatura masculina para dar voz a uma narrativa chocante como a de "Os porcos", que aborda a maternidade indesejada, o parto e a violência de um mundo desigual para as mulheres.

O texto, depois publicado e devidamente assinado por Júlia em Ânsia eterna, nove anos depois, também ganharia tradução para o francês, em 1929, na *Revue de l'Amérique Latine*, publicada em Paris. Em entrevista para João do Rio, feita em 1904, a escritora afirma ter se baseado nas histórias que ouvia, quando morava no interior de São Paulo, para compor a personagem Umbelina e o destino trágico de seu filho, anunciado pelo título do conto[22].

Abordando mais uma vez um lado perverso da maternidade, especialmente nos grupos sociais menos privilegiados, Júlia escreve "A caolha", também presente na coletânia. No conto, a protagonista, descrita de maneira quase monstruosa, é uma trabalhadora pobre e sem um dos olhos, a qual cria o filho único sozinha. Ao crescer, o rapaz vira chacota entre colegas por conta da aparência de sua mãe e, para se casar, busca renegar a origem, gerando um conflito humilhante para a mulher. Ao final, o desfecho revela o motivo da deficiência da mãe, levando o filho ao choque e trazendo uma dimensão crítica acerca da abnegação feminina.

22 A entrevista é, quatro anos depois, publicada em RIO, João do. Um lar de artistas. In: *O momento literário*. Rio de Janeiro: Garnier, 1908, p. 23-34.

Tanto em "Os porcos" quanto em "A caolha", o lugar social esperado das mulheres – a maternidade – é problematizado e tirado do âmbito da doçura e da amabilidade. Muito propagado na época, a formação discursiva médico-científica buscava defender a existência de uma biologia feminina destinada a ter filhos, depositando nas mães a responsabilidade de prover um lar higienizado e moralizado. A família burguesa e urbana ganhava força no imaginário social e nascia, então, a figura da "rainha do lar", como aponta a historiadora Margareth Rago[23]. Assim, como também destaca Norma Telles.

> A maternidade tão exaltada por Júlia Lopes de Almeida nos livros das donzelas e noivas, torna-se algo atormentado e monstruoso. Ela perdera dois filhos pequenos, o que pode ter agravado suas angústias, mas não resta dúvida que faz uma relação entre o nascimento e morte, entre maternidade e deformidade. Em vários romances a mãe é vampirizada pela filha, em sentido metafórico, não sobrevive ao seu crescimento e morre. O que diz do desespero das personagens ante a repetição do inevitável destino feminino; mas mostra também que, a aparente docilidade ao lidar com a cultura patriarcal, esconde monstruosas imagens de cólera[24].

Em *Ânsia eterna*, o lugar social da mãe também é tematizado nos contos "Pela pátria" e "O futuro presidente". No primeiro, a figura materna se vê devastada diante da perda de dois filhos em batalha. O enredo se complexifica com a descoberta de que eles se tornaram inimigos ao longo da guerra. Em tom de revolta, ela grita "a pátria sou eu", renegando o nacionalismo, invenção da modernidade marcada pelo gênero. Já no segundo, uma mãe pobre observa o filho enquanto costura para fora, projetando na criança um futuro promissor. Sua firme crença no destino de riqueza e prestígio de seu bebê sofre um duro corte com a chegada do marido, que anuncia estar desempregado, projetando na mulher todo o peso de sustentar sozinha o lar.

23 RAGO, Margareth. *Do cabaré ao lar:* a utopia da cidade disciplinar e resistência anarquista, Brasil 1890-1930. 4.ed. São Paulo: Paz e Terra, 2014.
24 TELLES, Norma. Idem, p. 482.

Além da maternidade desviante presente em contos como os citados, o desajuste de personagens femininas diante da idealização da "rainha do lar" também é tema frequente em *Ânsia eterna*, a exemplo de "O caso de Ruth" e "Sob as estrelas", ambos com desfechos trágicos para as personagens femininas. No primeiro texto, Ruth é uma jovem noiva que enfrenta o julgamento moral ao revelar ao seu prometido ter sido violentada pelo padrasto já falecido. Já no outro, a relação de Ianinha com Júlio é interrompida bruscamente por este ter se tornado padre e abandonado a amante, sem saber de sua gravidez. O tempo passa e, sem perspectivas, a jovem chega ao ápice do desespero após um reencontro frustrado.

Outro tema, a loucura, também atravessa diversas narrativas da obra, mas ganha protagonismo nos contos "E os cisnes" e "A nevrose da cor", nos quais temos contato com curiosas personagens que desafiam as categorias racionalistas e trazem à tona o delírio e a mente incapturável. No primeiro, uma viscondessa resolve visitar um hospício e é guiada por uma gentil enfermeira que, depois, se torna suspeita, enquanto, no segundo, uma princesa egípcia, apaixonada pelo vermelho, torna-se uma tirana consumidora do sangue alheio.

Por fim, mas não menos importante, vale ressaltar a presença da morte em diversos dos contos de *Ânsia eterna*, presente também em muitos dos textos acima citados. A proximidade da morte se dá nos enredos seja pela violência – a exemplo de "As rosas" – ou pelo envelhecimento – como em "Boa lua", "A morte da velha" e "O último discurso", sendo abordada tanto ligada à dimensão afetiva quanto às estruturas sociais desiguais. Essa temática está presente também em contos como "Casa dos mortos" e "Incógnita", que tratam de uma certa fixação subjetiva das personagens com a dimensão fúnebre.

Assim, Ânsia eterna ganha um cunho não apenas sombrio, de certa forma, mas crítico e sensível, esbarrando em temas dolorosos e trazendo à tona dimensões conflituosas da existência humana. Esse traço da narrativa de Júlia parece se destacar nessa obra diante de tantas outras que publicou, constituindo um conjunto de textos preciosos para a análise dos modos de escrita dessa autora. Não é à toa, portanto, a escolha do título, como apontamos: a escritora debruça-se, nos contos selecionados, para diversas ânsias da vida cotidiana – morte, violência, pobreza, envelhecimento, casamento, ciúme, patriarcado, maternidade... – e expõe suas feridas constantes e seus impactos subjetivos e sociais nas personagens que cria.

Chama atenção também que, partindo dessas temáticas, a autora dedicou, na edição original, a maioria dos contos a diversos colegas escritores. Muitos nomes de prestígio e que circulavam pelos salões literários da literata são citados nas dedicatórias no início de boa parte dos textos, como João Luso, Lucio de Mendonça, Artur Azevedo, Olavo Bilac, Machado de Assis e Coelho Neto. Vale ressaltar também a dedicação de alguns textos a mulheres da intelectualidade do período, como Francisca Julia da Silva, Eva Canel, Maria Clara da Cunha Santos, Julia Cortines, Presciliana Duarte de Almeida e Zalina Rolim. Todas estas, vale ressaltar, eram ligadas à escrita e à literatura. Francisca Julia e Julia Cortines, por exemplo, juntamente a Júlia Lopes de Almeida, foram chamadas por Lucio de Mendonça de "as três Júlias", em texto de 1897, aproximando-as em talento e prestígio literário e expressando seu descontentamento em vê-las fora da Academia Brasileira de Letras[25]. Já Presciliana era editora de um dos mais famosos jornais feministas do Brasil, *A Mensageira*, publicado entre 1897 e 1900.

Depois de *Ânsia eterna* tornar-se um sucesso editorial no início do século XX, Júlia viria a organizar uma segunda versão, que foi publicada apenas postumamente, em 1938, pela editora A Noite, com algumas alterações e ajustes nos textos. Essa foi a versão seguida também pela já citada Editora Mulheres, de Zahidé, ao publicar a obra em 2013. Segundo Luiz Ruffato[26], a nova versão teria sido organizada pela autora em seu último ano de vida, em 1934, subtraindo alguns contos e incluindo outros. Entre os retirados estão "As histórias do conselheiro", "Esperando...", "Ondas de ouro" e "O véu". Já na lista de incluídos estão "Lote 587", "O

25 O escrito foi depois publicado em MENDONÇA, Lucio. As três Julias. *Almanaque Brasileiro*. Rio de Janeiro: Garnier, 1903.

26 RUFFATO, Luiz apud MUZART, Zahidé Lupinacci. Introdução: os contos de D. Júlia. In: ALMEIDA, Júlia Lopes de. *Ânsia eterna*. Florianópolis: Editora Mulheres, 2013.

coração tem razões..." e "O redentor". Não se sabe os critérios usados pela autora para as alterações, mas é significativo que, cerca de trinta anos após a publicação, Júlia estivesse retomando um trabalho importante de sua carreira para uma reedição cuidadosa e revisada, denotando a importância da mesma para a escritora e seu público leitor. Mais recentemente, os contos "Ânsia eterna", "Os porcos" e "A caolha" também ganharam uma sensível versão em quadrinhos, pelas mãos de Verônica Berta[27]. A retomada da obra em outro gênero trouxe fôlego às histórias criativas de Júlia, reforçando a atualidade de seu olhar crítico.

Ânsia eterna, trazendo histórias de classes mais baixas e das elites, de trabalhadores e princesas, de mulheres desoladas e homens frustrados, apresenta a maestria literária de Júlia e chama atenção para um âmbito rico de sua escrita, capaz de ficcionalizar lados obscuros dos afetos humanos. Seus contos trazem à tona não só críticas ao seu tempo, mas a produção de espaços múltiplos de existência que fraturam a cultura patriarcal de seu tempo, expondo feridas que esbarram até hoje em nossos dilemas sociais e pessoais.

Gabriela Simonetti Trevisan[28]
25 de novembro de 2021

27 BERTA, Verônica. *Ânsia eterna:* baseado nos contos de Júlia Lopes de Almeida. São Paulo: SESI-SP editora, 2018.

28 Doutoranda em História (Cultura, memória e visualidades) pela Unicamp e mestre em História Cultural pela mesma instituição. Autora do livro *A escrita feminista de Júlia Lopes de Almeida* (2021).

Cosi ma fata la natura.

Gabriele Danunzio

... Quem poderá conter a palavra
concebida?

(Livro de Job, capitulo iv, v. 2.)

ÂNSIA ETERNA

A João Luso[1]

— E o teu livro? Quando aparece o teu livro? — perguntou Rogério Dias ao amigo, refestelando-se numa almofada de marroquim[2] do escritório.

— Parece-me que nunca...

— Por quê?!

— Por isto: o que eu quero não é escrever meramente; não penso em deliciar o leitor escorrendo-lhe n'alma o mel do sentimento, nem em dar-lhe comoções de espanto e de imprevisto. Pouco me importo de florir a frase, fazê-la cantante ou rude, recortá-la a buril ou golpeá-la a machado; o que eu quero é achar um engaste novo onde encrave as minhas ideias, seguras e claras como diamantes; o que eu quero é criar todo o meu livro, pensamento e forma, fazê-lo fora desta arte de escrever já tão banalizada, onde me embaraço com a raiva de não saber fazer nada de melhor. Estamos sós; sabes que sou contigo absolutamente sincero; dir-te-ei tudo.

"Quero escrever um livro novo, arrancado do meu sangue e do meu sonho, vivo, palpitante, com todos os retalhos de céu e

1 Pseudônimo de Armando Erse de Figueiredo (1874-1950) escritor português nascido em Lousã, Portugal, que viria para o Brasil em 1893, estabelecendo carreira como jornalista, contista e dramaturgo, sendo membro correspondente da Academia Brasileira de Letras. Faleceu no Rio de Janeiro.

2 Couro curtido de bode ou de cabra.

de inferno que sinto dentro de mim; livro rebelde, sem adulações, digno de um homem. Se eu tivesse gênio, não me faltaria o resto, porque não escrevo por amor da turba ingrata, nem preciso da pena para ganhar a vida; sou rico e só escrevo por uma obsessão que me verga, tal como o furacão verga o caniço.

"Não te rias; a ordem vem do incognoscível, não a discuto, aceito-a como uma lei de Deus. E não cuides que a aceitei sempre com resignação e sem relutância; tenho rasgado muitas páginas, incendiado muitas palavras, assoprado muita cinza aos quatro ventos!

"Ao princípio, mal desfazia uma página, achava-me a fazer outra. Este martírio ainda dura; todo o meu protesto de acabar fica onde começa o desejo de criar mais e melhor. Posto o ponto final em um livro, abre-se-me logo a vontade de escrever o primeiro período de outro livro. E é sempre assim; afinal, porque e para quê? Se os velhos como os novos trabalhos não me trazem à consciência nem glória nem tranquilidade? Para quê? Não sei... Por quê? Porque é preciso obedecer, porque a natureza me fez tal o caniço.

"E a propósito dir-te-ei que a natureza foi cruel para mim, visto que o meu ser moral não se confunde com o meu ser intelectual. Não nasci para escritor, sou orgulhoso, a popularidade ofende-me; não sei que melindre é este, que antes cresce do que diminui com o correr do tempo, fazendo-me cada vez mais sensível e descontente de mim mesmo. De que vale tanto esforço?

"És inteligente, vê se entendes isto: embora eu não me preocupe com o leitor, há sempre diante de mim, quando escrevo, um desconhecido, sombra no vácuo, indecisa, impalpável, mas que basta para enregelar-me os dedos quando a frase quer cair despida e franca na brancura do papel. Ah! O preconceito! O preconceito!

"E é uma criatura atada a ele, e assim orgulhosa e tímida, que pensa em fazer um livro sadio, calmo, de regeneração e de esperança, como início de outra vida mais perfeita. Mas como hei de eu, dependente e fraco, fazer tal livro independente e forte? Eu, que pratico o mal, não posso, sem ironia, ensinar o bem. A minha boca, que mente, o meu pensamento, que atraiçoa, não são dignos de fazer uma apoteose à verdade absoluta, como a única fonte da felicidade humana.

"O livro a que aludiste é o meu martírio: penso nele à proporção que vou fazendo os outros, e sinto-o sempre à mesma distância, inatingível e sereno. O meu livro! Mas qual será o escritor, que não pense no seu livro definitivo, único? Dize!"

— Que hei de dizer? Que, talvez, mudando de hábitos, alcançasses a tranquilidade necessária para um bom trabalho. Casa-te.

— Não. Eu traria para casa uma inimiga. Por mais doce e modesta que fosse, ela teria a pouco e pouco ciúmes disto tudo... As leituras são absorventes, e as mulheres não admitem preterições[3]. Têm razão, talvez. De mais a mais eu tenho medo das mulheres... Vou agora contar-te, com muita oportunidade, o meu último episódio amoroso, que bem pode servir de síntese a tudo que te disse.

— A respeito do livro?!

— Sim... podes pôr dentro desse sonho este outro sonho, certo de que a solução será a mesma. Deixa-me mandar vir café. Tu jantas hoje comigo.

— Sim, jantarei contigo.

— Minha mãe vai ficar contentíssima; não imaginas, está linda, com os cabelos brancos; alta, sempre muito direita... Chamo-lhe a minha torre da fé, iluminada! Escuta agora a tal história; é pequenina.

"Entrei um dia com um amigo no Passeio Público[4], com o pretexto de combinarmos a colaboração de um drama.

"Sentamo-nos num banco, na aleia[5] esquerda, lembra-me bem; e enquanto eu fazia o meu cigarro, ele começou a expor o seu plano. A ideia era dele. Eu ao princípio ouvia-o com atenção, sem deixar por isso de olhar para duas crianças, vestidas à inglesa, que brincavam pela aleia ensombrada. Em frente a nós, num outro banco de pedra, duas moças conversavam baixinho.

"É muito frequente em mim pensar paralelamente em dois fatos diferentes, até que um absorva o outro.

"Sem deixar de compreender o magnífico assunto do meu amigo... o Josino, conheces? Pois é esse; sem deixar de o ouvir, eu pen-

3 Deixar de lado, desprezar.

4 Primeiro grande jardim público do Brasil, construído entre 1779 e 1783, fica localizado até hoje no Centro do Rio de Janeiro, entre a Lapa e a Cinelândia. Era o principal ponto de encontro dos cariocas até o fim do século XIX.

5 Caminho ou alameda ornado de árvores ou arbustos.

sava na doçura que deveria haver em ser-se pai de umas crianças como aquelas que ali estavam, tão lindas e tão bem lavadas. Tal pensamento fez-me voltar os olhos para as duas moças. Uma, mais alta e mais nutrida, era evidentemente a mãe das crianças; tinha no colo os chapéus de palha à marinheira, e chamava de vez em quando os pequenos para arranjar-lhes o cabelo e compor-lhes a *toilette*[6]. A outra, mais franzina, era de uma beleza singular e comovente. Trazia um vestido de lã simples e um chapeuzinho de palha que mal lhe encobria a trança loira e grossa. Todos os seus traços eram regulares; mas, de tudo, o que mais me impressionou, viva e extraordinariamente, foram os seus olhos, de um azul escuro, triste, onde me pareceu sentir uma alma grande, séria, capaz de todas as lutas e de todos os sacrifícios. Nunca vi uns olhos assim. Num instante, desviando-se da companheira, eles voltaram-se para os meus... e não te posso explicar a sensação deliciosa que me agitou. Todas as minhas mágoas negras se purificaram àquela luz; assaltou-me logo uma ideia: eu podia ter um *chalet*[7], num canto de arrabalde[8], onde as rosas trepassem para o telhado e em que duas crianças saltassem no jardim, enquanto a mãe as vigiasse de um banco, como aquela que ali estava em frente. A minha vida não se consumiria na febre de um desejo vão; teria um lar feito por mim, risonho e confortável.

"Os olhos azuis da moça diziam-me no seu brilho discreto e sagrado:

— Eu farei a tua felicidade. Sou educada, sou ativa, sou modesta; compreendo e amo as artes e tenho o coração aberto para as ternuras conjugais e maternas. Vê como sou simples.

"Fixamo-nos longamente. Aqueles olhos não se desviaram dos meus com o pudor pretensioso das moças, nem tampouco tiveram arrogância ou malícia: continuaram serenos e claros, tristes sem afetação, com uma franqueza de alma limpa.

"Junta a isto a beleza das últimas horas do sol e o perfume das dracenas em flor. Acredita que o perfume é o cúmplice de muitas paixões, muitas!

6 Traduzido do francês: roupa, vestimentas.

7 Traduzido do francês: o mesmo que chalé, casa de campo aos moldes das casas suíças.

8 Subúrbio, lugar afastado do centro.

"Quando saímos do Passeio ainda elas lá ficaram. Durante a noite pensei várias vezes naqueles olhos azuis. Nesse tempo minha mãe estava fora, tinha ido fazer a sua estação em Caldas[9], de modo que ao meu quarto faltava o apuro a que me acostumara. Pela primeira vez vi pó no espaldar da minha cama, e encontrei gelhas[10] nos lençóis:

"No dia seguinte, a minha mesa de trabalho, com o tinteiro transbordante e o cálice de *cognac*[11] sujo, irritou-me; e ao almoço, mal servido, lamentei a falta de uma salinha de jantar, alegre, onde os olhos azuis da minha esposa tivessem observado e prevenido tudo...

"Que influência profunda pode ter no destino, já determinado pela vontade de um homem, o simples relancear dos olhos de uma mulher! Por que voltava assim ao meu espírito aquele clarão azul? Decididamente, eu encontrara a realização da minha ventura — o casamento. Arte? Ora adeus! Fazer arte aqui, para que, para quem? Não valia a pena sacrificar o coração pela liberdade de artista e de boêmio. Assim pensei, e fiz-me piegas como um namorado de quinze anos.

"Acreditarás que eu ia todos os dias ao Passeio Público? Percorria-o inutilmente: não a encontrava nunca; em todo caso não desistia, a esperança de ver os olhos azuis guiava-me através das ruas ensombradas. Se as árvores falassem, que diriam de mim aquelas árvores! Que idílios, que lindos devaneios tive ali! Eram verdadeiros sonhos de adolescente, perfumando a vida profanada do homem desiludido e amargo.

"Ela já tinha para mim uma designação puríssima, era a *minha noiva,* e eu procurava-a, parecendo-me que, só com o vê-la, os meus dias se tornariam risonhos e plácidos. Vê-la não era tudo; eu queria ser visto, ser notado; queria falar-lhe, ouvir-lhe a voz, dizer-lhe que a amava! E tudo me parecia fácil, desde que a encontrasse!

"Exatamente no dia em que entrei no Passeio mais desanimado, e certo da inutilidade da procura, foi que vi, no mesmo banco, a doce

9 Referência às estações de águas, como a de Poços de Caldas, em Minas Gerais, onde as pessas iam para tratar da saúde e beleza.

10 Dobras, pregas.

11 Traduzido do francês: conhaque, bebida com alto teor alcóolico, usada como aperitivo e também para aquecer o corpo.

mamãe, com os chapéus dos filhos nos joelhos, e a seu lado a beatificada da minha alma. Nunca senti o coração bater-me com tanta força. Ela voltara-se para mim, via-me ir chegando... Não te posso dar uma ideia da minha comoção: eu nem sabia onde pisava, quando um acaso me favoreceu: uma das crianças caiu a poucos passos de mim e abriu a boca num choro de assustar e pôr a nado os patos.

"Tomei-a imediatamente nos braços e levei-a, depois de a acariciar, às duas moças.

"A mãe ergueu-se, e veio apressadamente ao meu encontro, agradecendo muito; a outra ficou sentada. Cumprimentei-a timidamente; não me respondeu. Corei, interdito[12]. A mamãe, então, murmurou com tristeza, indicando-a com um gesto, num tom de desculpa:

— É cega...

12 Incapacitado.

O CASO DE RUTH

A Valentim Magalhães[13]

— Pode abraçar sua noiva! — disse com bambaleaduras na papeira flácida[14] a palavrosa baronesa Montenegro ao Eduardo Jordão, apontando a neta, que se destacava na penumbra da sala como um lírio alvíssimo irrompido dentre os florões grosseiros da alcatifa[15].

Ele não se atreveu, e a moça conservou-se impassível.

— Não se admire daquela frieza. Olhe: eu sei que Ruth o ama, não porque ela o dissesse — esta menina é de um recato e de um melindre de envergonhar a própria sensitiva —, mas porque toda ela se altera quando ouve o seu nome. O corpo treme-lhe, a voz muda de timbre e os olhos brilham-lhe como se tivessem fogo lá por dentro. Outro dia, porque uma prima mais velha, senhora de muito respeito, ousasse pôr em dúvida o seu bom caráter, a minha Ruth fez-se de mil cores e tais coisas lhe disse que nem sei como a outra a aturou! Toda a gente percebe que ela o ama; mas é uma obstinada e lá guarda

13 Valentim Magalhães (1859-1903) era dramaturgo, contista, romancista e poeta, tendo sido membro fundador da Academia Brasileira de Letras. Dirigiu "A Semana", periódico criado em 1885, onde Júlia Lopes de Almeida foi colaboradora.

14 Se refere ao balanço na pele do papo, embaixo do queijo, normalmente mais solto em pessoas mais velhas.

15 Tapete, carpete.

consigo o seu segredo... Agora, que o senhor vem pedi-la, é que eu lhe declaro que estava morta por que chegasse este momento. Apreciei-o sempre como um coração e um espírito de bom quilate.

— Oh! Minha senhora...

— Não lhe faço favor. Além disso, Ruth está com vinte e três anos; parece-me ser já tempo de se casar. Há de ser uma excelente esposa: é bondosa, regularmente instruída, nada temos poupado com a sua educação; e se não aparece e não brilha muito na sociedade é pelo seu excesso de pudor. Eu às vezes cismo que esta minha neta é pura demais para viver na terra. Todas as pessoas de casa têm medo de lhe ferir os ouvidos e escolhem as palavras quando falam com ela. Não admira: a mãe teve só esta filha e foi rigorosíssima na escolha das mestras e das amigas; o padrasto tratava-a também com muita severidade, embora fosse carinhoso. Um santo homem! Desde que ele morreu, que nos falta a alegria em casa... A mulher, coitada, como sabe, ficou paralítica; e esta pequena mesmo tornou-se melancólica e sombria. Às vezes penso que ela fez voto de castidade, tal é o seu recato; desengano-me lembrando-me de quanto é moderada na religião e de que o seu bom senso se revela em tudo! O que tenho a dizer-lhe, portanto, é isto: Afirmo-lhe que Ruth o adora e que não há alma mais cândida, nem espírito mais virginal que o seu. Aí a deixo por alguns minutos; se é o respeito por mim que lhe tolhe as palavras, concedo-lhe plena liberdade.

Eduardo fixou na noiva um olhar apaixonado. Na sua brancura de pétala de camélia não tocada, Ruth continuava em pé, no mesmo canto sombrio da sala. Os seus grandes olhos negros chispavam febre e ela amarrotava com as mãos, lentamente, em movimentos apertados, o laço branco do vestido.

A baronesa acrescentou ainda, carregando nas qualidades da neta e fazendo ranger a cadeira de onde se erguia:

— Ruth nunca foi de lastimeiras, e, apesar de mimosa e de aparentemente frágil, tem boa saúde. Um bom corpo ao serviço de uma excelente alma. Dirão: "Estas palavras ficam mal na tua boca!..." Pouco importa; são a verdade. Tenho outras netas, filhas de outras filhas; tenho criado muitas meninas, minhas e alheias, mas em nenhuma encontrei nunca tanta doçura, tanta altivez[16] digna e tanta pudicícia[17]. Aí a deixo; confesse-a!

A velha saiu.

Todos os rumores da rua rolaram confusamente pela sala. A porta que se abriu e fechou trouxe, numa rajada de luz, os repiques dos sinos, o rodar dos veículos, o sussurro abominável da cidade atarefada; mas também tudo se extinguiu depressa. A porta fechou-se, as janelas voltadas para o jardim mal deixavam entrar a claridade, coada por espessas cortinas corridas, e os noivos ficaram sós, silenciosos, contemplando-se de face.

★★★

O finado barão fora um colecionador afincado de móveis e de outros objetos dos tempos coloniais. Súdito de D. João VI, de que a sua adorável memória acusava ainda todos os traços já aos noventa anos, era sempre o seu assunto predileto a narração dos sucessos históricos presenciados por ele. À proporção que se ia afastando dos seus dias de moço, mais aferrado se fazia aos gostos e às modas do seu tempo.

Só se servia em baixela assinada com os emblemas da casa bragantina e a propósito de qualquer coisa dizia, fincando o queixo agudo entre o indicador em curva e o polegar: — "Lembro-me de uma vez em que a D. Carlota Joaquina"... Ou então: — "Em que D. João VI, ou D. Pedro I," etc. E em seguida lá vinha a descrição de um *Te-Deum*[18], ou de uma procissão, a que a sua imaginação facultosa emprestava as mais brilhantes pompas. A família tinha um sorriso condescendente para aquele apego, já sem curiosidade, à força de ouvir repetir os mesmos fatos. Os amigos evitavam tocar, de leve que fosse, em assuntos políticos, receosos da longura do capítulo que o barão a propósito lhes despejasse em cima; mas só ele, o bom, o fiel, nada percebia, e, com os olhos no passado, toca a

16 Dignidade, brio, nobreza.

17 Castidade, pureza.

18 Ofício de ação de graças do antigo hino latino Te-Deum, que significa "A ti louvamos, Deus" (Te-deum laudamus), atribuído à Santo Ambrósio (340-97).

citar ditos e atitudes dos imperadores e a curvar-se numa idolatria pelo espírito boníssimo da última imperatriz.

Alguma coisa disso se refletia em casa: tudo ali era sóbrio, monótono e saudoso.

Cadeiras pesadas, de moldes coloniais, largas de assento, pregueadas no couro lavrado de coroas e brasões fidalgos[19], uniam as costas às paredes, de onde um ou outro quadro sacro pendia desguarnecido e tristonho.

Assim o quisera ele, que até mesmo na hora suprema rejeitara um belo crucifixo que lhe oferecia o padre, voltando os olhos suplicemente para um outro crucifixo mais tosco, erguido sobre a cômoda, e que pertencera a D. Pedro I.

Para ele, naquela cruz não estava só o Cristo; estava, de envolta com o respeito pelos monarcas extintos, a lembrança dos seus folguedos de moço. Talvez mesmo, num volteio súbito da memória, se lembrasse das festas religiosas em que namorara, à sombra dos conventos, a sua primeira mulher, e beliscara com freimas[20] amorosas os braços gordos de Janoca, a mulatinha mais faceira[21] de então... Quem sabe? Talvez que na hora da morte não se possa só a gente lembrar das coisas sérias.

Qualquer hora vivida pode ser recordada rapidamente, sem tempo de escolha.

Como a Janoca não pertencera à história, a família ignorou-a; e pelo ar gélido daquela galeria de espectros[22] palacianos não apareceu nem um requebro quente, de mulatinha risonha, que lhes desmanchasse a compostura.

Depois de viúva, a segunda baronesa reformara algumas coisas e confundira os estilos, pondo no mesmo canto um contador[23] Luiz XV, um móvel da Renascença e uns tapetes modernos, entre largos reposteiros de seda cor de marfim.

19 Membros da nobreza portuguesa e espanhola.
20 Apreensão, receio, impaciência, inquietação.
21 Dengosa, vaidosa.
22 Fantasmas, suposta aparição de defuntos.
23 Móvel antigo com muitas gavetas para guardar dinheiro, contas, recibos, contratos e outros valores.

Aquela extravagância não conseguira quebrar a severidade do todo. Tinha uma fisionomia casta e grave aquela sala.

As virgens dos quadros, de longo pescoço arqueado e rosto pequenino, gozavam ali o doce sossego de uma meia tinta religiosa.

Mas lá dentro, os dias passavam-se entre o tropel[24] da criançada, os sons do piano de Ruth e a confusão dos criados.

E era por isso que todos fugiam lá para dentro e que só Ruth, nas suas horas de inexplicável tristeza, se encerrava ali, em companhia da Madona da Cadeira e da Virgem de S. Sisto[25].

Era nessa mesma sala que ela estava ainda, muda e pálida, em frente do seu amado?

— Ruth... — balbuciou Eduardo.

Mas a moça interrompeu-o com um gesto e disse-lhe logo, com voz segura e firme:

— Minha avó mentiu-lhe.

O noivo recuou, num movimento de surpresa; foi ela quem se aproximou dele, com esforço arrogante e doloroso, deslumbrando-o com o fulgor dos seus olhos belíssimos, bafejando-lhe as faces com o seu hálito ardente.

— Eu não sou pura! Amo-o muito para o enganar. Eu não sou pura!

Eduardo, lívido, com latejos nas fontes e palpitações desordenadas no coração, amparou-se a uma antiga poltrona, velha relíquia de D. Pedro I, e olhou espantado para a noiva, como se olhasse para uma louca. Ela, firme na sua resolução, muito chegada a ele, e a meia voz, para que a não ouvissem lá dentro, ia dizendo tudo:

— Foi há oito anos, aqui, nesta mesma sala... Meu padrasto era um homem bonito, forte; eu uma criança inocente... Dominava-me; a sua vontade era logo a minha. Ninguém sabe! Oh! Não fale! Não fale, pelo amor de Deus! Escute, escute só; é segredo para toda a gente... No fim de quatro meses de uma vida de luxúria infernal, ele morreu, e foi ainda aqui, nesta sala, entre as duas janelas, que eu o vi morto, estendido na eça[26]. Que libertação, que alegria que foi

24 Desordem, confusão.

25 Quadros de Rafael Sanzio (1483-1520), um dos mais importantes artistas do Renascimento.

26 Estrado onde se colocavam os caixões para os corpos serem velados.

aquela morte para a minha alma de menina ultrajada! Ele estava no mesmo lugar em que me dera os seus primeiros beijos e os seus infames abraços; Ali! Ali! Oh, o danado! Mais do que nunca lhe quero mal agora! Não fale, Eduardo! Minha avó morreria, sofre do coração; e minha mãe ficou paralítica com o desgosto da viuvez... Desgosto por aquele cão! E ela ainda me manda rezar por sua alma, a mim, que a quero no inferno! Às vezes tenho ímpetos de lhe dizer: "Limpa essas lágrimas; teu marido desonrou tua filha, foi seu amante durante quatro meses..." Caio-me piedosamente; e açodem todos: que não chorei a morte daquele segundo pai e bom amigo!

"É isto a minha vida. Cedi sem amor, pela violência; mas cedi. Dou-lhe a liberdade de restituir a sua palavra à minha família."

Ruth falara baixo, precipitando as palavras, toda curvada para Eduardo, que lhe sentia o aroma dos cabelos e o calor da febre.

Em um último esforço, a moça fez-lhe sinal que saísse e ele obedeceu, curvando-se diante dela, sem lhe tocar na mão.

***

O outro está morto há oito anos... ninguém sabe, só ela e eu... Está morto, mas vejo-o diante de mim; sinto-o no meu peito, sobre os meus ombros, debaixo de meus pés, nele tropeço, com ele me abraço em uma luta que não venço nunca! Ninguém sabe... mas por ser ignorada, será menor a culpa? Dizem todos que Ruth é puríssima! Assim o creem. Deverei contentar-me com essa credulidade? Bastará mais tarde, para a minha ventura, saber que toda a gente me imagina feliz? O meu amigo Daniel é felicíssimo, exatamente por ignorar o que os outros sabem. Se a mulher dele tivesse tido a coragem de Ruth, amá-la-ia ele da mesma maneira? Se a minha noiva não me tivesse dito nada, não seria o morto quem se levantasse da sepultura e me viesse relatar barbaramente as suas horas de volúpia[27], que me fazem tremer de horror! E eu, ignorante, seria venturoso, amaria a minha esposa, à sombra do maior respeito e com a mais doce proteção... E assim?! Poderei sempre conter o meu ciúme e não aludir jamais ao outro?

27 Luxúria, grande prazer.

Ele morreu há oito anos... ela tinha só quinze... ninguém sabe! Só ela e eu!... E ela ama-me, ama-me, ama-me! Se me não amasse e fosse em todo caso minha noiva, dir-me-ia do mesmo modo tudo? Não... parece-me que não... não sei... se me não amasse... nada me diria! Daí, quem sabe? *Amo-o muito para o enganar...* parece-me que lhe ouvi isto! Se eu pudesse esquecê-la! Não devo adorá-la assim! É uma mulher desonrada. A pudica açucena[28] de envergonhar sensitivas é uma mulher desonrada... E eu amo-a! Que hei de fazer, agora? Abandoná-la... não seria digno nem generoso... Aquela confissão custou-lhe uma agonia! Se ela não fosse honesta, não afrontaria assim a minha cólera, nem se confessaria àquele que amasse só para não sentir a humilhação de o enganar. E o que é por aí a vida conjugal senão a mentira, a mentira e, mais ainda, a mentira?

O outro está morto... ninguém sabe, só ela e eu! Ela e eu! E que nos importam os outros, tendo toda a mágoa em nós dois só?! Antes todos os outros soubessem... Não! Que será preferível, ser desgraçado guardando uma aparência digna, ou...? Não! Em certos casos ainda há alguma felicidade em ser desgraçado... Ela ama-me... eu amo-a... ele morreu há oito anos... já nem lhe falam sequer no nome... Ninguém sabe! Ninguém sabe... só ela e eu!

Eduardo Jordão passava agora os dias em uma agitação medonha. Atraía e repelia a imagem de Ruth, até que um dia, vencido, escreveu-lhe longamente, amorosamente, disfarçando, sob um manto estrelado de palavras de amor, a irremediável amargura da sua vida. "Que esquecesse o passado... ele amava-a... o tempo apagaria essa ideia, e eles seriam felizes, completamente felizes."

***

O casamento de Ruth alvoroçava a casa. A baronesa ocupava toda a gente, sempre abundante em palavras e detalhes. Só Ruth, ainda mais arredia e séria, se encerrava no seu quarto, sem intervir em coisa alguma.

28 Pureza recatada. Pudica representa recato, timidez, uma pessoa envergonhada. E Açucena é uma flor que quando branca representa a pureza, e um vaso com três açucenas representa a Santíssima Trindade.

Relia devagar a carta do noivo, em que o perdão que ela não solicitara vinha envolvido em promessas de esquecimento. Esquecimento! Como se fosse coisa que se pudesse prometer!

A moça, de bruços na cama, com o queixo fincado nas mãos, os olhos parados e brilhantes, bem compreendia isso.

Entraria no lar como uma ovelha batida. O perdão que o noivo lhe mandava, revoltava-a. Pedira-lhe ela que lhe narrasse a sua vida dele, as suas faltas, os seus amores extintos? Não teria ele compreendido a enormidade do seu sacrifício? Seria cego? Seria surdo?... Dono de um coração impenetrável e de uma consciência muda? As suas mãos estariam só tão afeitas a carícias que não procurassem estrangulá-la no terrível instante em que ela lhe dissera — "eu não sou pura"? Ou então, porque não a ouvira de joelhos, compenetrado daquele amor, tão grande que assim se desvendava todo?! Ele prometia esquecer! Mas no futuro, quando se enlaçassem, não evocariam ambos a lembrança do outro? Talvez que, então, Eduardo a repelisse, a deixasse isolada no seu leito de núpcias, e fugindo para a noite livre fosse chorar lá fora o sonho da sua mocidade... Sim, a sua noite de núpcias seria uma noite de inferno! Se ele fosse generoso, ela adivinharia através da doçura do seu beijo os ressaibos[29] da lembrança do primeiro amante; e quanto maior fosse a paixão, maior seria a raiva e o ciúme.

Esquecimento!... Sim... talvez, lá para a velhice, quando ambos, frios e calmos, fossem apenas amigos.

Ruth pensou em matar-se. Viver na obsessão de uma ideia humilhante era demais para a sua altivez. Desejou então uma morte suave, que a levasse ao túmulo com a mesma aparência de cecém cândida[30], de envergonhar a própria sensitiva.

Queria um veneno que a fizesse adormecer sonhando; e quanto dera para que nesse sonho fosse um beijo de Eduardo que lhe pousasse nos lábios!

***

29 Vestígios, sinais.
30 Açucena branca.

De luto a casa. Ramos e coroas virginais entravam a todo o instante. Quem saberia explicar a morte de Ruth? Foram achá-la estendida na cama, já toda fria.

Agora estava entre as duas janelas, na grande sala sombria, espalhando sobre o fumo da eça as suas rendas brancas e o seu fino véu de noiva. Parecia sonhar com o desejado esposo, que ali estava a seu lado, pálido e mudo.

Entravam já para o enterro e foi só então que uma voz disse alto, saindo da penumbra daquela sala antiga:

—Vai ficar com o padrasto, no mesmo jazigo...

Eduardo fixou a morta com doloroso espanto. Estava linda! Na pele alvíssima nem uma sombra. Os cabelos negros, mal atados na nuca, desprendiam-se em uma madeixa abundante, de largas ondas.

Quê! Seria ainda para o outro aquele corpo angélico, tão castamente emoldurado nas roupas do noivado? Seria ainda para o outro aquela mocidade, aquela criatura divina, que deveria ser sua?!

E a mesma voz repetiu:

—Vai ficar com o padrasto...

Com o padrasto, noites e dias... fechados... unidos... sós! Fora para isso que ela se matara, para ir ter com o outro! Aquele outro de quem via o esqueleto torcendo-se na cova, de braços estendidos para a reconquista da sua amante!

Alucinado, ciumento, Eduardo arrancou então num delírio o véu e as flores de Ruth, e inclinando um tocheiro[31], pegou fogo ao pano da eça.

E a todos que acudiram nesse instante, pareceu que viam sorrir a morta em um êxtase, como se fosse aquilo que ela desejasse...

31 Castiçal grande para tocha.

A ROSA BRANCA

A Magalhães de Azeredo[32]

A viúva do comandante Henriques dizia a toda a gente que, das suas duas netinhas, dava preferência à primeira; demonstrando pela segunda uma simpatia medíocre.

Comentava cada um a seu modo aquela excentricidade de velha romântica. O verdadeiro motivo, porém, consistia em ser a neta mais velha extraordinariamente parecida com a família Henriques, enquanto que a mais moça pertencia toda à família do pai, um provinciano feio. Ângela, que era a primeira, recebia continuamente presentes da avó; a outra, a Inês, olhava com melancolia para aquelas doces manifestações de amor, perguntando mentalmente em que desmereceria ela da ternura da mãe de sua mãe?

Acostumaram-se todos com aquela injustiça, menos a pobre Inesinha, que chorava muitas vezes às ocultas, chamando-se desgraçada!...

Com o tempo veio a necessidade de Ângela entrar para um colégio.

A avó lamentou-se, tornando-se ainda mais indiferente para a pobre Inês e atirando-lhe para cima todas as culpas; era ela quem quebrava a louça que se sumia do armário; era ela que fazia enxaquecas à mãe com a bulha[33] dos seus sapatos insuportáveis; era

32 Magalhães de Azeredo (1872-1963) foi um escritor, advogado e um dos fundadores da Academia Brasileira de Letras.

33 Ruído, confusão sonora.

ela quem arrancava as plantas do jardim e quem roubava os doces do guarda-prata[34]; era ela quem batia nos animais, quem riscava os móveis, quem enchia de trapos e de papéis o chão, quem impacientava as criadas e pedia dinheiro às visitas.

Ela era o demônio! E na sua opinião, seria muito mais sensato mandá-la de preferência para o colégio, como pensionista, e deixar em casa a Ângela, a quem se oferecia para pagar os mestres.

O alvitre[35] não foi bem recebido. E Ângela teve de partir para Itu, lugar escolhido para a sua educação.

Na véspera, à noite, recaindo a conversa sobre assuntos de pressentimentos e de superstições, Ângela teve a fantasia de dizer à avó:

— Olhe, vovó, todas as manhãs há de ver no seu oratório[36] uma rosa branca. Será o meu pensamento que há de vir visitá-la. No dia em que a rosa estiver meio murcha, será um sinal de que eu estou doente; e se ela não aparecer, será porque eu morri!

— Deixa-te de tolices! Não quero que minha filha leve de casa semelhantes ideias! Acreditarás por acaso nisso?

— Não, mamãe... eu estava brincando... Descanse que a rosa branca não há de vir!

Do seu canto, a pobre Inês observou que o olhar da avó se tornara angustioso, turvo como a água onde se refletisse uma nuvem negra. A pobre senhora acreditava em sonhos e em fantasmas; sabia histórias complicadas e extravagantes; coisas extraordinárias que ela queria impor à fé ou à incredulidade dos outros! Já agora, se a rosa branca não surgisse todas as madrugadas aos pés da Virgem das Dores, ela havia de supor que a sua Angelita tinha ido fazer companhia aos querubins[37]!

E enquanto a sua preferida dizia descuidada e risonha: "Eu estava brincando...", a outra lia-lhe no olhar toda a inquietação e tristeza!

A despedida de Ângela foi dolorosa para o coração da avó; a pobre senhora levou o dia inteiro a chorar, encerrada no quarto, e, quando consentiu em ir ao chá, notaram todos a extraordi-

34 Móvel onde se guardam baixelas e outras louças.
35 Conselho.
36 Armário ou nicho onde são colocados santos para adoração.
37 Anjos da primeira hierarquia celeste, logo abaixo de Deus.

nária alteração da sua fisionomia. Estava impaciente, frenética, olhando de soslaio para a pobre Inês, com quem várias vezes ralhou sob qualquer pretexto:

— Menina, isso são modos? Tire a mão da mesa! — E continuava depois, voltando-se para uma visita: — Tanto tem a Angelita de ajuizada e de boa, quanto esta tem de insensatez e mau gênio! Pudera! Fazem-lhe todas as vontades! Eu nunca vi!

A mãe acudiu em defesa da filha, e a questão prolongou-se, até que a avó, desesperada, exclamou:

— A outra foi aos onze anos de pensionista para o colégio; pois bem, esta tem nove, e aposto em como nem daqui a três anos irá acompanhar a irmã! Injustiças é que me revoltam.

Inês ouvia humilhada e triste aquela troca de palavras, consolando-se com a doçura do olhar da mãe, que caía sobre ela como uma benção.

No seu pequeno quarto, em frente à cama vazia da irmã, Inesinha procurava em vão adormecer. Revolvia-se entre os lençóis, olhava para o teto, onde a luz da lamparina punha sombras, e lembrava- se do olhar da avó, quando a Ângela falara na rosa branca! Ah! Por que lhe quereria tanto mal a sua avó? No entanto, procurava fazer-lhe as vontades, e tinha-lhe até muita amizade! Realmente, a Ângela era tão boa! E tão bonita!

Sim, ela também achava natural que a velhinha preferisse a outra... Mas seria razoável que a deprimisse sempre, e assim... diante de gente de fora? Tentava dormir: fechava os olhos e punha-se a rezar:

— *Ave, Maria, cheia de graça!...* E a rosa branca? Ah! Se a vovó não a encontra no oratório... é capaz de chorar! Fazei, virgem Maria, com que nasça uma rosa branca a vossos pés!

Se fosse eu que estivesse no colégio, a vovó estaria contente! Porque será que não gosta de mim? É verdade que eu lhe tenho feito mal, mas sem ser por vontade... entornei-lhe chá quente na mão... quebrei o seu espelho novo; mas o que com certeza ela não me perdoa, é eu ter batido na Ângela! Coitadinha da Ângela! Ela não se queixou... quem teria visto? Mas se eu não lhe batesse, ela matava o gato da vizinha, e depois? Sim! a vovó tem-me raiva desde esse dia... mas eu tenho dado tantos beijos na Ângela! Pobre da minha irmã, que saudade ela hoje terá da sua caminha!

Apesar dos meus beijos, a amizade da vovó não voltou. Mamãe sempre me diz que não julgue eu isso, que a vovó adora-me! Como o saberá? Mas a mamãe não mente; logo que diz, é porque é.

Com as mãozinhas cruzadas sobre o peito, toda envolvida na sua longa camisa de dormir, Inês lutava com a insônia, e, para afastar os pensamentos, recomeçava a dizer: *Ave, Maria, cheia de graça, o Senhor é convosco...*

No entanto, antevia as mãos trêmulas da avó, procurando em vão a rosa branca entre as dobras do veludo azul do manto de Nossa Senhora. Depois, as lágrimas caindo-lhe as duas pela face engelhada[38]... E tinha pena, e tornava, cheia de fé, a suplicar:

—Virgem Maria! Fazei com que nasça uma rosa branca a vossos pés!

A luz da lamparina foi-se tornando pálida, à proporção que os vidros da janela se iam iluminando pela claridade exterior. Inês ergueu-se. Nunca tinha visto amanhecer, mas o seu fito[39] era outro; foi cautelosamente à janela, abriu-a e olhou. Nuvens cor de rosa enovelavam-se sob o céu azul; no alto, mostrava-se a lua, estreita como um fio de luz arqueado, e um pouco abaixo entrebrilhava uma grande estrela esbranquiçada e fria. Os pássaros cantavam; havia uma frescura leve toda embalsamada de aromas.

Inês espreitou o oratório.

Nada!

A lâmpada acesa, bruxuleante, difundia a sua tênue chama sobre um ramo de flores artificiais! Voltou à janela do seu quarto, ao rés do chão; vacilou um momento, mas, armando-se de coragem, saltou-a, e correu para um recanto do jardim, onde várias roseiras ostentavam as suas belíssimas flores.

À hora do almoço, a avó apareceu risonha e tranquila, com o olhar abrandado por uma misteriosa doçura d'alma. Passaram-se dias, durante os quais a pobre senhora achou sempre no seu oratório a prometida rosa branca, que era, a seu ver, a visita do pensamento da adorada netinha! Cada vez mais terna para a ausente, tornava-se mais ríspida para a Inês. A pequenita andava agora mais abatida e magra, chegando a inspirar cuidados à família.

38 Enrugada, encarquilhada.
39 Propósito, objetivo.

A história da rosa era ignorada por todos; a avó guardava o segredo da *visita* de Ângela, egoisticamente, conservando as rosas, mesmo depois de murchas, num cofrezinho dourado!

Um dia, estavam todos à mesa, quando o jardineiro se foi queixar de que todas as noites ia alguém roubar uma rosa branca a uma das roseiras de mais estimação do jardim!

Da rua não entrava ninguém; aquilo era coisa de gente da casa; pedia providências.

Inês tornou-se rubra[40]; a avó estremeceu, e o dono da casa, um colecionador fanático, prometeu um tiro a quem, sem seu consentimento, lhe arrancasse as rosas do jardim. À noite verificou a existência de um formoso botão. No dia seguinte o botão havia desaparecido!

Aquela persistência exasperou-o. Começaram as indagações. A avó julgou de seu dever intervir, contando o fato que se passava consigo, e aconselhando paciência. Era a mão invisível de um ente sobrenatural e piedoso, que vinha, mensageiro da sua Angelita, trazer-lhe a flor prometida!

Essa revelação desorientou-os. A pessoa era, então, evidentemente, de casa, e tão íntima que entrava nos quartos da família! Houve ameaças... Entretanto, a doce rosa branca, aquietadora dos sustos da avó, aparecia todas as manhãs, fresca e orvalhada, sob o manto estrelado da mãe de Deus!

As criadas começaram a supor fantasmas, a asseverar que os viam, e de tal forma que a própria Inês entrou de ter medo!

Uma noite deitou-se resolvida a faltar à sua caridosa lembrança; a avó que tivesse paciência e apreensões e lágrimas, ela não se arriscaria nunca mais para poupar-lhe esses desgostos! E ficou, como na primeira noite, nervosa, imaginando a decepção da velha! Passou, por fim, ligeiramente pelo sono; acordando, viu tamanha claridade na janela, que supôs ser já dia. Saltou do leito, e, sem meditar, levada pelo hábito, ainda quase a dormir, pulou para o jardim, arrastando na areia a sua camisola branca e magoando no chão os pezinhos descalços.

A lua, em todo o esplendor, espalhava a sua luz aveludada; estava tudo silencioso, silencioso!

40 Vermelha como sangue.

Inês, no meio do caminho, ao ar fresco, compreendeu o seu engano: levantara-se alta noite! A bulha[41] dos seus passos naquela solidão horrorizou-a. Ah! Era a hora dos fantasmas, e ela não ousava olhar para trás! Caminhava sempre, com os lábios secos e os olhos muito abertos! Foi com um movimento nervoso que arrancou da haste a triste flor piedosa, não ousando observá-la, porque, quando à violência do puxão a roseira balançou os seus botões nevados, afigurou-se-lhe ver uma dança macabra[42] improvisada no ar por estranhos e pequeninos espectros! Correu então alucinada para casa, saltou para dentro, e, sem tomar as precauções do costume, entrou no oratório precipitadamente e atirou aos pés da Virgem a doce rosa branca, murmurando ao mesmo tempo, com a voz alterada pelo medo:

"Salve, Rainha... Mãe de misericórdia... vida e doçura... esperança nossa!"

Não acabou. Transida[43] de medo e de frio, cairia no chão... se dois braços não a amparassem meigamente.

Eram os braços da avó, que a cobria de beijos, repetindo-lhe:

— Como tu és boa, minha adorada Inês! Como tu és boa!

41 Ruído.
42 Lúgubre, que evoca a morte.
43 Impregnada.

OS PORCOS

A Arthur Azevedo[44]

Quando a cabocla[45] Umbelina apareceu grávida, o pai moeu-a de surras, afirmando que daria o neto aos porcos para que o comessem.

O caso não era novo, nem a espantou, e que ele havia de cumprir a promessa, sabia-o bem. Ela mesma, lembrava-se, encontrara uma vez um braço de criança entre as flores douradas do aboboral. Aquilo, com certeza, tinha sido obra do pai. Todo o tempo da gravidez pensou, numa obsessão crudelíssima, torturante, naquele bracinho nu, solto, frio, resto dum banquete delicado, que a torpe voracidade dos animais esquecera por cansaço e enfartamento[46].

Umbelina sentava-se horas inteiras na soleira da porta, alisando com um pente vermelho de celuloide o cabelo negro e corredio. Seguia assim, preguiçosamente, com olhar agudo e vagaroso, as linhas do horizonte, fugindo de fixar os porcos, aqueles porcos malditos, que lhe rodeavam a casa desde a manhã até a noite.

Via-os sempre ali, arrastando no barro os corpos imundos, de pelo ralo e banhas descaídas, com o olhar guloso, luzindo sob a pál-

44 Arthur Azevedo (1855-1908) foi um dos maiores dramaturgos do século XIX e grande amigo de Júlia Lopes de Almeida, tendo dedicado a peça "O Dote" a ela, baseando a história na coluna "Reflexões de um Marido", escrita por Júlia no jornal carioca "O País". Foi um dos fundadores da Academia Brasileira de Letras.

45 Miscigenação do índio com o branco.

46 Cheio de comida.

pebra mole, e o ouvido encoberto pela orelha chata, no egoísmo brutal de concentrar em si toda a atenção. Os leitões vinham por vezes, barulhentos e às cambalhotas, envolverem-se na sua saia, e ela sacudia-os de nojo, batendo-lhes com os pés, dando-lhes com força. Os porcos não a temiam, andavam perto, fazendo desaparecer tudo diante da sofreguidão dos seus focinhos rombudos e móveis, que iam e vinham grunhindo, babosos, hediondos, sujos da lama em que se deleitavam, ou alourados pelo pó do milho, que estava para ali aos montes, flavescendo[47] ao sol.

Ah! Os porcos eram um bom sumidouro para os vícios do caboclo! Umbelina execrava-os e ia pensando no modo de acabar com o filho duma maneira menos degradante e menos cruel.

Guardar a criança... mas como? O seu olhar interrogava em vão o horizonte frouxelado[48] de nuvens.

O amante, filho do patrão, tinha-a posto de lado... diziam até que ia casar com outra! Entretanto achavam-na todos bonita, no seu tipo de índia, principalmente aos domingos, quando se enfeitava com as maravilhas vermelhas, que lhe davam colorido à pele bronzeada e a vestiam toda com um cheiro doce e modesto...

Eram duas horas da madrugada, quando a Umbelina entreabriu um dia a porta da casa paterna e se esgueirou para o terreiro.

Fazia luar; todas as coisas tinham um brilho suavíssimo. A água do monjolo[49] caía em gorgolões[50] soluçados, flanqueando o rancho de sapê, e correndo depois em fio luminoso e trêmulo pela planície fora. Flores de gabiroba e de esponjeira brava punham lençóis de neve na extensa margem do córrego; todas as ervas do mato cheiravam bem. Um galo cantava perto, outro respondia mais longe, e ainda outro, e outro... até que as vozes dos últimos se confundiam na distância com os mais leves rumores noturnos.

Umbelina afastou com mão febril o xale que a envolvia, e, descobrindo a cabeça, investigou com olhar sinistro o céu profundo.

47 Amarelando.
48 Relativo à penugem.
49 Engenho rudimentar, movido à agua, para pilar milho e descascar café.
50 Jorros, golfadas, jatos.

Onde se esconderia o grande Deus, divinamente misericordioso, de quem o padre falava na missa do arraial em termos que ela não atingia, mas que a faziam estremecer?

Ninguém pode fugir ao seu destino, diziam todos; estaria então escrito que a sua sorte fosse essa que o pai lhe prometia — de matar a fome aos porcos com a carne da sua carne, o sangue do seu sangue?!

Essas coisas rolavam-lhe pelo espírito, indeterminadas e confusas. A raiva e o pavor do parto estrangulavam-na. Não queria bem ao filho, odiava nele o amor enganoso do homem que a seduzira. Matá-lo-ia, esmagá-lo-ia mesmo, mas lançá-lo aos porcos... isso nunca! E voltava-lhe à mente, num arrepio, aquele bracinho solto, que ela tivera entre os dedos indiferentes, na sua bestialidade de cabocla matuta[51].

O céu estava limpo, azul, um céu de janeiro, quente, vestido de luz, com a sua estrela Vésper[52] enorme, e diamantina, e a lua muito grande, muito forte, muito esplendorosa!

A cabocla espreitou com olho vivo para os lados da roça de milho, onde ao seu ouvido agudíssimo parecera sentir uma bulha[53] cautelosa de pés humanos; mas não veio ninguém, e ela, abrasada, arrancou o xale dos ombros e arrastou-o no chão, segurando-o com a mão, que as dores do parto crispavam convulsivamente. O corpo mostrou-se disforme, mal resguardado por uma camisa de algodão e uma saia de chita[54]. Pelos ombros estreitos agitavam-se as pontas do cabelo negro e luzidio; o ventre pesado, muito descaído, dificultava-lhe a marcha, que ela interrompia amiúde para respirar alto, ou para agachar-se, contorcendo-se toda.

A sua ideia era ir ter o filho na porta do amante, matá-lo ali, nos degraus de pedra, que o pai havia de pisar de manhã, quando descesse para o passeio costumado.

Uma vingança doida e cruel aquela, que se fixara havia muito no seu coração selvagem.

51 Que vive no mato.
52 Planeta vênus, estrela vespertina.
53 Ruído.
54 Tecido barato e de pouca qualidade.

A criança tremia-lhe no ventre, como se pressentisse que entraria na vida para entrar no túmulo, e ela apressava os passos nervosamente por sobre as folhas da trapoeiraba maninha.

Ai! Iam ver agora quem era a cabocla! Desprezavam-na? Riam-se dela? Deixavam-na à toa, como um cão sem dono? Pois que esperassem! E ruminava o seu plano, receando esquecer alguma minúcia...

Deixaria a criança viver alguns minutos, fala-ia mesmo chorar, para que o pai lá dentro, entre o conforto do seu colchão de paina[55], que ela desfiara cuidadosamente, lhe ouvisse os vagidos[56] débeis e os guardasse sempre na memória, como um remorso.

Ela estava perdida. Em casa não a queriam; a mãe renegava-a, o pai batia-lhe, o amante fechava- lhe as portas... e Umbelina praguejava alto, ameaçando de fazer cair sobre toda a gente a cólera divina!

O luar com a sua luz brancacenta e fria iluminava a triste caminhada daquela mulher quase nua e pesadíssima, que ia golpeada de dores e de medo através dos campos. Umbelina ladeou a roça de milho, já seca, muito amarelada, e que estalava ao contato do seu corpo mal firme; passou depois o grande canavial, dum verde d'água, que o luar enchia de doçura e que se alastrava pelo morro abaixo, até lá perto do engenho, na esplanada da esquerda. Por entre as canas houve um rastejar de cobras, e ergueu-se da outra banda, na negrura do mandiocal, um voo fofo, de ave assustada. A cabocla benzeu-se e cortou direito pelo terreno mole do feijoal ainda novo, esmagando sob as solas dos pés curtos e trigueiros[57] as folhinhas tenras da planta ainda sem flor. Depois abriu lá em cima a cancela, que gemeu prolongadamente nos movimentos de ida e de volta, com que ela a impeliu para diante e para trás. Entrou no pasto da fazenda. Uma grande mudez por todo o imenso gramado. O terreno descia numa linha suave até o terreiro da habitação principal, que aparecia ao longe num ponto branco. A cabocla abaixou-se tolhida, suspendendo o ventre com as mãos.

Toda a sua energia ia fugindo, espavorida com a dor física, que se aproximava em contrações violentas. A pouco e pouco os ner-

55 Fibras que envolvem as sementes de várias plantas.
56 Choro da criança recém-nascida.
57 Morenos.

vos distenderam-se, e o quase bem-estar da extenuação fê-la deixar-se ficar ali, imóvel, com o corpo na terra e a cabeça erguida para o céu tranquilo. Uma onda de poesia invadiu-a toda: eram os primeiros enleios[58] da maternidade, a pureza inolvidável[59] da noite, a transparência lúcida dos astros, os sons quase imperceptíveis e misteriosos, que lhe pareciam vir de longe, de muito alto, como um eco fugitivo da música dos anjos, que diziam haver no céu sob o manto azul e flutuante da Virgem Mãe de Deus...

Umbelina sentia uma grande ternura tomar-lhe o coração, subir-lhe aos olhos. Não a sabia compreender e deixava-se ir naquela vaga sublimemente piedosa e triste...

Súbito, sacudiu-a uma dor violenta, que a tomou de assalto, obrigando-a a cravar as unhas no chão. Aquela brutalidade fê-la praguejar e erguer-se depois raivosa e decidida. Tinha de atravessar todo o comprido pasto, a margem do lago e a orla do pomar, antes de cair na porta do amante.

Foi; mas as forças diminuíam e as dores repetiam-se cada vez mais próximas.

Lá embaixo aparecia já a chapa branca, batida do luar, das paredes da casa.

A roceira ia com os olhos fitos nessa luz, apressando os passos cansados. O suor caía-lhe em bagas[60] grossas por todo o corpo, ao tempo que as pernas se lhe vergavam ao peso da criança.

No meio do pasto, uma figueira enorme estendia os braços sombrios, pondo uma mancha negra em toda aquela extensão de luz. A cabocla quis esconder-se ali, cansada da claridade, com medo de si mesma, dos pensamentos pecaminosos que tumultuavam no seu espírito e que a lua santa e branca parecia penetrar e esclarecer. Ela alcançou a sombra com passadas vacilantes; mas os pés inchados e dormentes já não sentiam o terreno e tropeçavam nas raízes de árvores, muito estendidas e salientes no chão. A cabocla caiu de joelhos, amparando-se para a frente nas mãos espalmadas. O choque foi rápido e as últimas dores do parto vieram tolhê-la. Quis reagir

58 Envolvimento, enredamento.

59 Inesquecível.

60 Gotas.

ainda e levantar-se, mas já não pôde, e furiosa descerrou os dentes, soltando os últimos e agudíssimos gritos da expulsão.

Um minuto depois a criança chorava sufocadamente. A cabocla então arrancou com os dentes o cordão da saia e, soerguendo o corpo, atou com firmeza o umbigo do filho, e enrolou-o no xale, sem olhar quase para ele, com medo de o amar...

Com medo de o amar!... No seu coração de selvagem desabrochava timidamente a flor da maternidade. Umbelina levantou-se a custo com o filho nos braços. O corpo esmagado de dores, que lhe parecia esgarçarem-lhe as carnes, não obedecia à sua vontade. Lá embaixo a mesma chapa de luz alvacenta acenava-lhe, chamando-a para a vingança ou para o amor. Julgava agora que se batesse àquelas janelas e chamasse o amante, ele viria comovido e trêmulo beijar o seu primeiro filho. Aventurou-se em passadas custosas a seguir o seu caminho, mas voltaram-lhe depressa as dores e, sentindo-se esvair, sentou-se na grama para descansar. Descobriu então a meio o corpo do filho: achou-o branco, achou-o bonito, e num impulso de amor, beijou-o na boca. A criança moveu logo os lábios na sucção dos recém-nascidos e ela deu-lhe o peito. O pequenino puxava inutilmente, a cabocla não tinha alento, a cabeça pendia-lhe numa vertigem suave, veio-lhe depois outra dor, os braços abriram-se-lhe, e ela caiu de costas.

A lua sumia-se, e os primeiros alvores da aurora tingiam dum róseo dourado todo o horizonte. Em cima o azul carregado da noite mudava para um violeta transparente, esbranquiçado e diáfano[61]. Foi no meio daquela doce transformação da luz que Umbelina mal distinguiu um vulto negro, que se aproximava lentamente, arrastando no chão as mamas pelancosas, com o rabo fino, arqueado, sobre as ancas enormes, o pelo hirto, irrompendo raro da pele escura e rugosa, e o olhar guloso, estupidamente fixo: era uma porca.

Umbelina sentiu-a grunhir, viu confusamente os movimentos repetidos do seu focinho trombudo, gelatinoso, que se arregaçava, mostrando a dentuça amarelada, forte. Um sopro frio correu por

61 Límpido.

todo o corpo da cabocla, e ela estremeceu ouvindo um gemido doloroso, dolorosíssimo, que se cravou no seu coração aflito. Era do filho! Quis erguer-se, apanhá-lo nos braços, defendê-lo, salvá-lo... mas continuava a esvair-se, os olhos mal se abriam, os membros lassos[62] não tinham vigor, e o espírito mesmo perdia a noção de tudo.

Entretanto, antes de morrer, ainda viu, vaga, indistintamente, o vulto negro e roliço da porca, que se afastava com um montão de carne pendurado nos dentes, destacando-se isolada e medonha naquela imensa vastidão cor de rosa.

62 Esgotados.

O VOTO

As pitangueiras, garridas[63] com as suas frutinhas de coral, estavam ainda molhadas da chuva da véspera. O sol, que ia subindo, punha uma larga barra cor de laranja no céu, de um azul violeta; cantava um bem-te-vi na copa alta de uma paineira, e a aragem da manhã vinha toda perfumada de manacá e de ervilhas de cheiro.

Com o samburá na mão, a saia redonda mostrando-lhe os tornozelos finos, a Ginoca, saltitante e mimosa como a juriti[64], enterrava na grama orvalhada os pezinhos delicados, sem pena de molhar as suas meias vermelhas e os seus sapatos amarelos.

Ela passava risonha, cantando num débil, mas agradável fio de voz, uma cantiga da roça.

Das grandes folhas das bananeiras rolavam, como contas, os pingos d'água, e de fragmento em fragmento as formigas iam levando para as suas tocas os araçás[65] de que a chuva tinha alastrado o chão.

Ginoca escolheu com cuidado os melhores marmelos e os figos mais maduros. Suspendeu-se depois, alegre e ágil, num galho de pitangueira, e foi então uma chuva de corais e de orvalho sobre a sua blusa de linho branco e sobre os seus cabelos corredios e negros.

63 Esbeltas, graciosas.
64 Espécie de pomba.
65 Fruto semelhante à goiaba.

Cheio o samburá[66], ela subiu o pomar até perto de casa.

O pai, um homem atlético, estava de pé no meio do terreiro, saboreando um copo de leite. Ao pé dele a vaca silenciosa esperava submissa, com o focinho voltado para a luz. Ginoca deu-lhe um figo.

O animal estava acostumado àquelas gulodices, comeu a fruta e lambeu a mão da moça.

Acabado o leite, o pai entregou o copo à filha, e esta, abaixando-se, tomou na palma da mão a teta da vaca e ia mungi-la para encher novamente o copo, quando o pai exclamou:

— Olha, Ginoca, aquele que vem acolá, é o Camundongo! Ora se é! Conheço-o perfeitamente pelo trote!

Ginoca levantou-se de um salto; estendeu a mão sobre as sobrancelhas para ver melhor e depois de um segundo de observação, disse com ar de triunfo:

— É, papai! Lá vem Maurício!... Assobie para ver se ele ouve!...

O velho assobiou estridulamente. Não se ouviu resposta. Houve um bater de asas apressadas no pomar, e o bem-te-vi calou-se. Ginoca respirou com força, enchendo o peito com o ar impregnado de manacá e de ervilhas de cheiro. O coração batia- lhe, as faces cor de jambo maduro fizeram-se-lhe vermelhas como rosas de Alexandria.

— Pois você não vê como o pobre Camundongo vem depressa! Aposto em como o diabo do Maurício traz esporas! Vai abrir a cancela, que o teu noivo não tarda... Também, se ele tiver esporeado o Camundongo, há de se haver comigo!

— De Friburgo até aqui é longe... — respondeu ela, desculpando o noivo.

— Longe! Duas léguas[67] mal medidas... Deus me dê anos de saúde, como de vezes as tenho andado a pé... Quando tua mãe era viva...

Não continuou; o rumor das patas do cavalo aproximava-se, e a Ginoca deitou a correr para a cancela; o pai seguiu-a sorrindo, e a vaca avançou vagarosamente para o samburá esquecido no chão, e, com toda a calma, devorou os figos.

Maurício era noivo e primo da Ginoca; estudava medicina e só pelas férias ia passar um tempo em casa do tio.

66 Cesto de boca estreita, feito de cipó.
67 Medida de distância. Cada légua equivale a aproximadamente 6600m.

Ginoca adorava-o, e o pai aceitava com alegria aquele casamento, porque era doido pelo sobrinho. "Um rapaz de mão cheia! — dizia ele aos amigos, — e sabe tantas coisas! Tem ciência para dez!"

O que ele temia era que o moço se corrompesse com os livres-pensadores...

Religioso, arraigado à igreja, ele queria para genro um homem de crenças seguras no poder infinito do Ser Supremo...

— Ora viva o Sr. Maurício! — gritou ele ao sobrinho, que era todo olhos para a Ginoca.

— Tio Guilherme... — murmurou, abraçando-o, o moço.

Trocadas as primeiras expansões, entraram.

Na pequena sala de jantar, alegre e rústica, alvejavam a toalha e a louça para o almoço; na parede caiada, ao fundo, sobre uma prateleira de pinho coberta de crochê, um boião de barro sustinha um ramo de rosas de todo o ano, de hortênsias azuis e de alecrim cheiroso. No alto, um quadro da Virgem, em oleografia, com a sua túnica branca e o manto flutuante, sorria no meio daquela pobreza alegre. O tio Guilherme benzeu-se antes de sentar-se à mesa; a filha rezou de mãos postas, e Maurício desviou o olhar para a janela, onde uma borboleta azul batia de encontro aos vidros.

O tempo das férias voou alegremente.

Às vezes iam a uma propriedade vizinha, de uns sitiantes suíços, comprar manteiga fresca ou assistir à colheita das batatas. Ginoca levava sempre uma cestinha que enchia das framboesas da estrada, para dar às crianças que encontrasse. Maurício auxiliava-a, e o pai ria-se, alegrado pelo amor e a mocidade de ambos. Era bem certo que Deus tinha criado aqueles dois um para o outro!

Na maior parte das manhãs não saíam do sitio, mas nem por isso se levantavam mais tarde. Quando abriam as janelas, as montanhas de Friburgo estavam ainda envoltas num nevoeiro espesso, que o sol ia desfazendo numa polvilhação dourada. A estrada, vermelha, serpeava ao longe entre a verdura dos campos e o espreguiçar azulado e frio das águas da cachoeira. Os carneiros balavam à distância, e no ar fresco e leve cruzavam-se cantos de aves e aromas de flores.

Ginoca, lépida como uma cabrita, descia ao curral e vinha puxando a vaca, a grande vaca branca e preta, que a seguia com olhar melancólico e meigo.

Daí eram as partidas no pomar; os assaltos às pitangueiras. Maurício trepava à árvore, Ginoca aparava as frutas no avental; enfeitava a trança negra com as pitanguinhas vermelhas, desfolhava no seio as flores dos limoeiros, e era tudo alegria e risadas. Quando voltavam para o almoço, iam impregnados do aroma das ervas e com o rosto ainda úmido da água, muito transparente e fria, que atravessava a horta, levando na corrente um ou outro junquilho ou as florinhas douradas dos pés de hortaliça.

Expirado o tempo das férias, Maurício voltou ao Rio, e a Ginoca começou a trabalhar com afinco no enxoval.

Iam as coisas assim, quando tiveram notícia de que o estudante estava à morte no Rio, com febre amarela!

Foi um terror imenso!

Ginoca suplicava ao pai que a levasse para junto do noivo; o pai negava-se, e as horas passavam lentas e amarguradas. Cessaram as notícias e o pressentimento da morte tolheu os corações do pai e da filha; ele queria disfarçar, mas não o conseguia, e a Ginoca, já sem lágrimas, muito pálida, parecia uma louca. Uma noite, enquanto o pai dormia, ela ajoelhou-se em frente ao quadro da Virgem e fez, com toda a fé da sua alma castíssima, uma promessa à Mãe de Deus. Quando se levantou, os seus olhos resplandeciam de lágrimas, mas havia uma expressão enérgica de confiança e de paz no seu belo rosto moreno. Nem um soluço quebrou o silêncio da noite.

No outro dia de manhã receberam uma carta. Maurício estava salvo.

Rebentaram os risos. O velho disse à filha que escrevesse ao noivo, dizendo-lhe para ir convalescer em sua casa. Ginoca ria, relendo e beijando a carta.

— Sabes que mais? — disse-lhe o pai —, o casamento vai fazer-se já... isto de cuidados e demoras não são coisas do meu agrado. Ele que venha e trataremos disso. O padre Benedito aí está e um altar arma-se num momento!

Ginoca suspendera subitamente o riso e tornou-se branca como o linho.

— Casar?...

— Então?!

— É impossível! Oh! Não me pergunte por quê, papai; é impossível!

— Ora esta!

O velho supôs que a filha delirasse e tomou-lhe o pulso. A moça correu para o interior da casa, e ele, atônito, ficou olhando para o buraco vazio da porta por onde ela tinha fugido.

Passou todo o dia aflito.

Que teria a Ginoca? Resolveu-se a chamar o médico; mas antes disso quis ainda consultar a filha.

Às Ave-Marias, desceram ambos ao pomar. No galho florido de um pessegueiro cantava um sabiá, e no fundo azul pálido do céu, as montanhas de Friburgo desenhavam-se muito escuras.

— Olha, Ginoca... por que é que já não queres casar com teu primo?... — perguntou o tio Guilherme, com ar constrangido e tímido.

A filha baixou a cabeça, silenciosa, vencida pela comoção.

— Ele fez-te algum mal, ofendeu-te?

— Oh! Não!

— Então que teima é essa?! O pobre moço adora-te, e eu, francamente, estava satisfeito...

— Eu já não posso casar!

— Hein!? Já não podes casar! Que diabo de linguagem é essa?!

Ginoca parou, ergueu para o pai os olhos úmidos e murmurou:

— Fiz um voto... prometi a Nossa Senhora que, se salvasse Maurício da morte, eu ficaria solteira a vida toda...

O pai recuou, como se tivesse levado uma pedrada no coração. Rolaram no ar sereno da tarde as badaladas das Ave-Marias; ele, respeitoso e triste, tirou o chapéu. A Ginoca apoiou-se a um tronco de árvore, soluçando alto.

Extinta a última vibração do Angelus, o velho disse tremulamente à filha:

— Já que fizeste um voto... tens de cumpri-lo...

Ela abanou afirmativamente a cabeça.

Voava por todo o pomar o doce aroma das ameixeiras em flor.

E OS CISNES?

A Baptista Coelho[68]

Procurando emoções, ou por uma curiosidade extravagante, a viscondessa de S. Roque lembrou-se um dia de ir ver o hospital de alienados do Dr. Aguilar.

Descendo do seu *coupé*[69] dentro do pátio do edifício, perguntou ao porteiro pelo diretor.

Não estava; mas como não devesse tardar, conduziram-na a um escritório ao rés do chão, cheio de armários e de aparelhos elétricos.

A viscondessa sentou-se e olhava para o chão reluzente, quando percebeu uma sombra a desusar a seu lado.

Voltou-se e viu junto a si uma mulher de uns trinta anos, baixa, clara e delgada, de rosto longo como o dos carneiros e olhos pardos, de expressão dulcíssima. Tinha o andar macio como o das freiras, as mãos delicadas, pequeninas e pálidas, e um sorriso que lhe iluminava a fisionomia triste e vaga...

— Deseja alguma coisa?

68 José Baptista Coelho (1877-1916) foi um jornalista brasileiro que ficou conhecido como João Foca. Nascido em Santos, veio cedo para o Rio de Janeiro, onde trabalhou no Jornal do Brasil. Lançou os livros de contos "Caiçaras", com prefácio de Júlia Lopes de Almeida, e "Praieiros", sobre a gente pobre das praias de Santos. Também traduziu do francês e escreveu várias peças de teatro.

69 Antiga carruagem fechada de dois lugares, com o cocheiro sentado à frente. Depois foi utilizado também para se referir a automóveis esportivos, de duas portas.

— Sim... vim pedir permissão ao Dr. Aguilar para ver o seu estabelecimento. Disseram-me que ele não tarda e mandaram-me esperar aqui...

— Se é só isso, não vale a pena cansar-se; ele virá... ou não virá. Em todo o caso, prontifico-me a acompanhá-la.

— É enfermeira?

— Sim, minha senhora. O que lhe peço é que escreva aqui o seu nome.

A enfermeira apresentou, sobre a grande secretária de nogueira, o livro em que se inscreviam os visitantes.

A viscondessa tirou rapidamente a luva, e mesmo sem se sentar, apoiou o cotovelo na mesa e escreveu. Por trás dela a outra esticou muito o pescoço e leu-lhe o nome. Depois, com um sorriso:

— Podemos ir.

Saíram ambas, atravessaram corredores e subiram escadas.

A enfermeira ia adiante, roçando sem bulha nos degraus o vestido mole, de riscadinho azul e branco, coberto na frente por um largo avental de linho pardo. As sedas da viscondessa farfalhavam.

— Por aqui... veja, esta é a sala dos doidos pacíficos — dizia a enfermeira. — Passemos agora à escola das crianças. A senhora não receia impressionar-se?

— Não... — respondeu a visitante, depois de uma pequena hesitação.

— É muito triste. Enfim, é bom ver tudo! — concluiu a enfermeira.

— A senhora... — e a viscondessa interrompeu-se para perguntar: — Como hei de chamá-la?

A outra não respondeu logo e ficou pensativa, como se fizesse um esforço para se lembrar do seu nome; depois disse com um sorriso:

— Chame-me... irmã Serafina; não sou freira, mas fui educada num convento, e os meus irmãos, em casa, por brincadeira, davam-me esse nome. Acostumei-me.

— A irmã Serafina — voltou a viscondessa, prendendo o fio do seu pensamento partido — não tem medo de viver aqui?

— Às vezes... certamente que os doidos fazem-nos passar bocados perigosos!... Mas tenho compaixão, dediquei-me a isto e já agora hei de envelhecer ao lado deles. Pobre gente!

Havia no olhar de irmã Serafina uma tamanha expressão de piedade e doçura, que a viscondessa sentiu-se comovida e murmurou:

— Que anjo!

Entraram na escola. Umas dez crianças, espalhadas por meia dúzia de bancos, levantaram os narizinhos curiosamente para a visitante. O mestre tinha sentado nos joelhos um pequenito, que se encaracolou todo, fazendo-se num novelo. Ao mesmo tempo surgiam da aula gritos e guinchos estranhos; um rapaz de dez anos quis fazer discurso, outro arremedou o miar dos gatos, de uma maneira tão justa e com uma careta tão dolorosa, que a viscondessa, arrepiada, voltou depressa para o corredor.

A irmã Serafina deixou-se ficar para trás e, curvando-se, beijou uma menina que, encostada à parede, contava os dedinhos incessantemente: um, dois, três...

Quando voltou para junto da visitante, ela disse com uma voz magoada:

— Não a avisei de que se havia de impressionar na escola das crianças? Pobres anjos! Eu ainda não me habituei a olhar sem lágrimas para aqueles entezinhos condenados, por uns pais sem consciência, a uma vida de agonias!

— Condenados pelos pais? — murmurou com estranheza a visitante.

— Certamente. Quem pode dar uma herança tão desgraçada aos filhos, não se casa.

Sabe que são vítimas da hereditariedade.

— Todos?!

— A maior parte. Que pecado! Deveria haver leis que proibissem certas uniões... O que estas crianças me têm feito chorar, só de pena! Algumas são más, mordem, batem, causam estragos de toda a ordem. Umas ferazinhas inconscientes. Quanto piores elas são, mais as lamento. É preciso que haja alguém que as ame. Eu sou mais carinhosa para aquelas a quem ninguém quer bem... Afinal, boas e más correm para mim. Sabe que todas as crianças gostam das aves.

— Das aves?!

— Sim, que tenham asas que as agasalhem.

— Ah...

A voz da irmã Serafina era melíflua[70], escorregadia e branda; uma dessas vozes cantantes e claras, que uma vez ouvidas nunca mais se esquecem. Não há por certo mulher cuja harmonia seja tão completa no seu todo. Deveriam antes chamá-la irmã Suavíssima!

Atravessaram todo o edifício sem que uma palavra, um gesto da guia alterasse a sua expressão de candura. Todos os doentes lhe sorriam, e ela sorria a todos os doentes. Ia passando como uma benção, branda como o perfume de um lírio. No chão encerado dos largos corredores só se ouviam os passos da viscondessa batendo o metal dos tacões num tic-tac sonoro. Aquele som regular caía-lhe no ouvido como um barulho profano. Envergonhava-se e temia atrair a atenção dos doidos. Repelia o desejo de descalçar-se para deslizar como a irmã Serafina pelo *parquet*[71].

— Quer ver uma louca feliz?

— Sim... — respondeu a viscondessa.

Impelindo a porta de um quarto, entraram. Ao pé de uma janela, aberta para o azul do espaço, e ao lado de um leito todo feito de branco, uma velhinha risonha cantarolava num delgado fio de voz, fazendo tricô. Os novelos bailavam-lhe no colo, sobre o zuarte limpo do vestido, e as mãos enrugadas e secas moviam as longas agulhas, ligeiras, ligeiras.

Sempre a cantar uma cantiga risonha, a doida cumprimentou a visita, com um movimento airoso de cabeça.

A enfermeira murmurou indicando-a: — É sempre assim.

Tornaram a sair e desceram uma escada larga de corrimão envernizado.

Embaixo atravessaram um pátio cimentado, onde numa ordem simétrica se alinhavam grandes tinas verdes plantadas de azaléas. Os arbustos carregados pareciam buquês, mais flores do que folhas. Uns vermelhos, escuros como sangue pisado, outros róseos como o céu na aurora, e outros brancos como a neve casta. A viscondessa roçava por eles o vestido de seda que ia gemendo, no seu farfalhar, pela pressão nervosa com que ela o arregaçava.

70 Suave, agradável.
71 Traduzido do francês: assoalho, espécie de pavimentação.

A irmã Serafina colheu um galho das azaléas brancas, soprou delicadamente uma formiguinha que passeava numa das flores e entregou-o à viscondessa, murmurando:

— As brancas são as mais bonitas, as mais ingênuas; não acha?

A outra sorriu. Entraram num corredor que conduzia, direito e amplo, a uma alta porta de vidro azul.

Chegadas aí, pararam; era a porta da saída. Através do vidro grosso da porta via-se o vestíbulo de ladrilho, aberto sobre o jardim.

O sol estava forte, de um ouro intenso; o azul acinzentado do vidro quebrava-o numa luz de crepúsculo outonal. Mármore da escada, areia do jardim, maciços de verdura, grupos de palmas, de roseiras ou de *crotons* variados, tinha tudo o mesmo tom enfurnado, uniforme e brando?

Ao centro do jardim, entre um relvado côncavo, um pequeno lago tinha a cor e a placidez de um espelho; e à beira dele, sobre a grama bem aparada, uma cegonha parecia de aço, não só pela cor, como pela imobilidade da atitude.

A viscondessa estendeu a mão à irmã Serafina, mas esta não lhe prestou atenção: tinha o rosto colado ao vidro da porta.

— Adeus... — repetiu a viscondessa.

A outra então voltou-se e, suspendendo o busto para chegar a boca ao ouvido da viscondessa, disse com voz mal firme:

— E os cisnes?...

— Que cisnes? — ia perguntar a viscondessa. Mas conteve-se. A irmã Serafina tinha o olhar branco de cólera, uma transformação súbita quebrara-lhe o encanto. Ela movia-se abrindo os cotovelos e esticando o pescoço.

A viscondessa compreendeu a verdade e tateou a porta, sem poder abri-la; quis gritar — teve medo; e a outra, entretanto, volteava, volteava, repetindo cada vez com mais força:

— E os cisnes? E os cisnes?!

Minutos depois a viscondessa ouvia do diretor do hospital que a loucura daquela mulher provinha de ter perdido uma filha afogada por causa de uns cisnes. A criança, debruçada no lago, quis agarrar as aves; as aves partiram e a pequenina mergulhou.

— Desde então a mãe finge-se de cisne — asseverou ele.

— Compreendo agora... Ela disse-me que tinha asas! Com quem eu andei!

— Andou com uma inofensiva que, mesmo quando grita, não faz mal a ninguém. Para mim, ela só tem uma curiosidade: a mania de se ter encarnado no inimigo. Foi um cisne que lhe motivou a loucura, ela quer ser cisne... Enfim, também acontece lá fora adorarmos às vezes a própria causa do nosso mal... As suas azaléas, minha senhora!

E o médico apanhou as flores que a viscondessa deixara cair ao entrar para o *coupé,* enquanto os gritos continuavam lá dentro, repetidos e chorosos:

— E os cisnes? E os cisnes?!

SOB AS ESTRELAS

A Olavo Bilac[72]

O padre Júlio voltava do Seminário, de coroa aberta e de batina, pronto para servir a Deus na sua vila mineira, alcandorada[73] sobre precipícios de verdura e rochedos abruptos. Alto, branco e esguio, figura mística de quem sonha e prescruta mistérios, ele derramava o olhar pelas penedias[74] da encosta, tachonadas[75] de flores de quaresma, sem ânimo de perguntar pela sua amada de outrora, o seu único amor, aquela pobre Ianinha, tão ardente e apaixonada, que o enlaçava nos seus braços flexíveis como hastes de hera, queimando-o com o fulgor dos seus olhos negros de mineira inculta e imaginosa.

Juntavam-se de noite nos campos, ela fugida do casebre da avó cabocla, ele da casa do tio padre. Amavam-se sob as estrelas.

Ianinha sabia contos do sertão, histórias de feiticeiras e lobisomens, que lhe contava risonha, achando graça nos seus terrores. Ele beijava-lhe a garganta túmida[76], pedindo-lhe que se calasse.

72 Olavo Bilac (1865-1918) é reconhecido como um dos maiores poetas brasileiros, considerado o principal representante do parnasianismo no Brasil. Foi o criador da letra do Hino à Bandeira brasileiro.

73 Situado em ponto elevado.

74 Conjunto de penedos.

75 Adornadas.

76 Dilatada, inchada.

Tinham começado a mocidade juntos, ela era mais moça, mas muito mais precoce; ele adorava-a de joelhos, já um pouco voltado para o culto divino.

De repente interrompeu-se o idílio: o tio padre exigiu que o sobrinho fosse para o Seminário. Das fugas noturnas só eram sabedoras as estrelas. Júlio, tímido, obedecendo à vontade do velho e impelido mesmo pelo seu espírito religioso, despediu-se da amante com resignação. Ela é que teve transportes de louca, que se colou a ele como uma cobra a um tronco, dizendo-lhe que o amava, que lhe dera a sua virgindade, a sua alma, que a vida era aquilo, a liberdade, o beijo, o amor!

A tentação foi vencida, Júlio deixou-a sozinha, soluçando alto, na noite escura e silenciosa.

Agora, olhando para aquelas penedias, para aqueles vales enormes, pensava que antes a Ianinha tivesse morrido... e era essa a sua esperança! Queria ser puro, queria ser santo. Voltara-se para o Céu com fé arrojada; detestava o mundo e a carne. Vinha emundar[77] a alma naquele mesmo desterro que enchera de beijos e abraços pecaminosos. Nos seus êxtases a figura de Ianinha atravessava-lhe por vezes a mente, como uma tentação diabólica e terrível, mostrando-lhe a alvura dos dentes, a negrura das madeixas revoltas, a rijeza dos seios morenos... Excomungava-a, amaldiçoava-a, enchia-se de cilícios[78], e caía chorando, contrito, esmagado pelo remorso, numa alucinação dolorosa, sem achar meio de se purificar daquele passado que o assombrava.

Antes a Ianinha houvesse morrido... Para saber isso, e com medo de o perguntar, Júlio foi ao cemitério, que era um canteiro, de pequeno. Ajoelhou-se em frente de cada sepultura.

— De quem era esta? De quem era aquela? — perguntava. O coveiro sabia os nomes de todos os enterrados. Morria-se tão pouco, ali!

Uma era da tia Zefina, outra do Simeão, outra...

Eram todos velhos, muito velhinhos já. A Ianinha, então, vivia ainda!

77 Purificar.
78 Cordão utilizado na pele como penitência.

Júlio corou, com vergonha daquele pensamento cruel. O nome da moça queimar-lhe-ia os lábios, se o dissesse, e, estava certo, toda a gente tomaria conta do seu segredo. Não, não perguntaria por ela. E, abstrato, ajoelhou-se junto de uma sepultura coberta de flores selvagens.

— Esta é de uma criança — explicou o coveiro —; não deveria estar enterrada em sagrado, mas enfim...

O padre ergueu o rosto longo e pálido, numa interrogação muda.

— É do filho de uma cabocla, Ianinha. A peste não o batizou. De mais a mais ninguém sabe quem era o pai. O povo afirma que era o diabo. Dizem que a voz do povo é a voz de Deus... Quem sabe?

Júlio baixou os olhos para a terra, cruzando as mãos com força sobre o coração. O seu rosto, alvo e macilento, nada dizia, mas a batina estremecia ao arquejar do busto curvado. Sabia bem... do fundo daquela terra subia alguma coisa que o chamava, que o solicitava e lhe dizia: "és meu!"

Aquelas flores selvagens não eram uma inscrição, um nome que lhe acusava a paternidade?

O dia caía gloriosamente. Franjas de ouro e mantos de púrpura arrastavam-se pelo horizonte em nuvens grossas, embebidas de luz. Pelas penedias escarpadas, as bromélias erguiam os penachos cor de fogo; piteiras enormes eriçavam os despenhadeiros, e, lá em baixo, o rio passava numa curva, caudalosamente, refletindo o céu rubro, vermelho ele próprio como uma onda de sangue.

Toda a terra parecia vitoriosa, erguendo as suas montanhas colossais, a sua vegetação estupenda, o seu cheiro de força, de amor e de fertilidade.

Julio-teve ímpetos de escavar a terra, arrancar de lá o corpo daquele desconhecido, filho do seu amor e da sua carne, de chorar sobre os seus ossos despidos, de colar-lhe na caveirinha branca os seus lábios profanos, de lhe dizer que havia ternura no seu coração que debalde[79] procurava tornar seco e estéril, que amava nele a sua virilidade, a sua juventude, e aquela pobre Ianinha...

Nisto levantou-se, frio e assustado. Como podia ele, religioso, padre, pensar na tentação da carne, naquela criatura que estilara

79 Inutilmente.

peçonha e dor por toda a sua vida, aquela cúmplice do demônio, que assaltava sem temor os ninhos das corujas, mostrando ao luar o negror das madeixas e a alvura dos dentes no riso selvagem?

Antes fosse ela a morta...

Demais, não a enterrara ele para todo o sempre na lembrança?

Nessa noite Júlio não dormiu. Voltava sem ler as folhas do Breviário. Lá fora o vento soprava em roncos e uivos e a lua sumia-se em nuvens fumacentas. Se erguia o olhar, via sorrir-lhe o doce Jesus, do regaço materno, na parede em frente.

Uma criança, uma flor de carne e de sonho; que divina coisa!

E ele tivera um filho, e não o vira nunca, e não o amara, e não o repousara sobre o seu coração fragil, morada do pecado e da vergonha, e não lhe beijara os pés acetinados, nem a boquinha já roxa pela morte!

Na solidão do seu quarto rezava pelo filho, aquela alma pagã criada pelo seu beijo, porque, sabia-o bem, a Ianinha não tivera outro amante; era ele o seu dono, o senhor absoluto e muito amado, o deus supremo daquela selvagem, filha da terra e amiga da terra, para quem a natureza era a única bíblia a que abria a sua alma simples.

E ele voltava querendo achá-la morta!

Encostado à mesa, junto ao leito vazio, o padre compunha em mente as feições do filho, dava-lhe vulto, sentia nele o melhor da sua alma, o mais elevado dos seus ideais...

Súbito, um toque de sino vibrou rebelde e agudo na noite silenciosa. O padre ergueu-se, lívido. Que seria aquilo? Eram duas horas, o vento abrandara. Houve um rumor de asas algodoadas fugindo espavoridas do campanário. A vila dormia tranquilamente. Mas veio outra badalada do sino, tangida com nervo e raiva, atravessar o espaço negro como um grito de dor.

Àquele toque sucederam outros e outros, desordenados, como se o pobre sino da aldeia tivesse enlouquecido ou abrigasse no seu velho bojo todas as bruxas e duendes dos campos.

O padre, assustado, amparou-se ao crucifixo, ergueu-o e caminhou resoluto para a porta, que abriu de par em par.

O campanário ficava à esquerda, dominando o vale enorme, todo cheio de sombra. Júlio seguiu para ali, com a cruz erguida e os lábios murmurando preces. Pareceu-lhe distinguir um vulto branco agitando-se na treva como um fantasma. Elevou bem alto o Cristo, e a poucos passos a sua voz forte retumbou num esconjuro[80] formidável que abalou a terra.

O sino emudeceu; mas o vulto branco lá estava, desenhando uma curva pálida na escuridade. O padre chegou-se para o campanário, audaciosamente, sentindo-se bem apoiado no crucifixo e na sua fé religiosa.

A poucos passos estacou: a lua rompera o crepe das nuvens e iluminava Ianinha seminua, com a cabeça deitada para trás, o cabelo pendente, os olhos perdidos na abóbada estrelada. Ela ali estava, segura à corda do sino, aquele velho sino de aldeia, tão meigo, tão acostumado a só falar de paz às montanhas solitárias.

Ianinha quedou-se imóvel, sentindo Júlio perto, mas com medo de olhar-lhe para a batina. Depois falou, num queixume, murmurando as palavras. Disse que tivera dele um filho, lindo como os amores, que lá estava no cemitério muito sossegadinho.

Júlio estremeceu; os braços estenderam-se-lhe para prendê-la, os lábios moveram-se-lhe para beijá-la; mas conteve-se, hirto, de cruz alçada, livrando-se da tentação...

Ianinha chorou: aquele tempo antigo fora tão bom! O campo aí estava, aberto a todos os seres, fértil, com os hinos das aves e o perfume das plantas. A vida rebentava à toa em cada canto. Em troncos velhos viçavam lianas[81] e parasitas; em corolas de flores aninhavam-se milhares de insetos; e os ninhos estavam povoados, e as tocas rescendiam a paz amorosa, e toda a terra desabrochava à espera de que eles fossem também, como noutros tempos, amar-se sob as estrelas.

Pecar? Não era pecado! Que seria o mundo sem a perpetuação do amor!

Ianinha arrancava aquilo da sua imaginação caudalosa[82], lamentando-se por não ter nascido sob outra forma, por não ter a vida libérrima da ave, do inseto ou da flor! E estava formosa, formosa como nunca. Mas o padre sentia o peso do crucifixo nas mãos geladas. Certamente que no fundo da sua alma alguma luta havia que

80 Maldição, imprecação.
81 Cipós.
82 Fértil, abundante.

lhe cerrava os beiços e lhe iluminava a fronte larga e lívida. Mas a palavra de amor não lhe saía da garganta.

Voltou para dentro, de cruz erguida, com as faces banhadas de lágrimas. Consumou o sacrifício: entregava-se a Deus.

Lá fora o sino voltou a badalar na noite negra, desordenada, furiosamente, como se o próprio diabo o tangesse! Depois tudo emudeceu. As aves voltaram para o campanário; uma barra de luz indecisa abriu-se frouxamente no horizonte e, só, no meio da noite, o cadáver da Ianinha, enforcado na corda do sino, olhava de face para o vale enormíssimo todo cheio de aromas e de treva.

A PRIMEIRA BEBEDEIRA

— Não saias hoje, meu filho! A noite está tão feia! Que necessidade tens tu de te expor ao tempo?

— Descanse, minha mãe, que eu voltarei cedo...

— Mas repara que é hoje o dia do meu aniversario, que há de vir alguém ver-me, e a tua ausência será censurada...

— Descanse, minha mãe, que eu voltarei cedo...

— A noite está escura e o caminho é tão mau...

— Descanse, minha mãe...

— Que voltarás cedo, não é assim? Pois faze o que quiseres, na certeza de que me dás um desgosto... Adeus!

— Até já, mamãe.

E o moço saiu. Caía uma chuva miudinha, peneirada, leve, e no céu tenebroso não luzia uma estrela. De longe em longe a luz de um lampião iluminava um bocado da rua barrenta, ladeada de mato, sem calçada. Sentia-se o respingar delicado das gotinhas de chuva nas folhas, e ao longe, nuns charcos, umas rãs coaxavam. Ao cabo de um quarto de hora, o moço batia com a bengala nas grades de um jardim.

Ouviu abrir-se e fechar-se rapidamente uma porta; depois, uns passos ligeiros quebrando a areia do jardim e uma voz doce dizer-lhe:

— Não posso demorar-me agora... meu tio está em casa!

— Que importa? E eu não deixei minha mãe, hoje, dia de seus anos?

— Ah! Mas isso é diferente... os homens fazem tudo que lhes apraz!...

— Mas eu tenho muito que lhe dizer, Albertina!

— Volte logo, às dez horas... falar-lhe-ei da janela...

— Escute...

— Não posso... estão me chamando, adeus!

E o vulto embuçado da bela Albertina tornou a desaparecer entre os arbustos do jardim. Depois ouviu-se de novo abrir e fechar rapidamente uma porta, e ficou tudo silencioso.

Contrariado, o moço lembrou-se da promessa que fizera à mãe; mas, como voltar, se a Albertina lhe dizia que a fosse ver às dez horas? Decididamente era preferível fazer a vontade à última. A mãe que se resignasse...

Para não esperar ali, na rua, tolamente, lembrou- se de ir passar uma hora no botequim do bairro, onde tinha a certeza de encontrar amigos.

Assim foi. Junto a uma mesinha de pedra conversavam alto, rindo, três colegas seus, rapazes ainda muito novos, imberbes[83] como ele, afetando um ar de estroinas[84], de boêmios românticos, convictos de gozarem assim a sua mocidade, apenas desabrochada e já um tanto murcha pelas extravagâncias.

Logo que o viram entrar, fizeram os outros grande algazarra; manifestaram espanto, atirando ao ar frases bombásticas salpicadas de adjetivos flamejantes e das mais conhecidas locuções latinas. Abriram-lhe lugar e encheram-lhe o cálice de conhaque. Estabelecida a palestra, o da direita ofereceu-lhe charutos, o da esquerda apresentou-lhe um fósforo aceso, e o que estava em frente renovou-lhe o conhaque do cálice. E este criticavo-o por achá-lo acanhado, esquerdo[85]; aquele, porque mostrava pouca prática das rapaziadas alegres; aquele outro, porque lhe percebia na fraseologia uma chateza das palestras familiares, inspiradas pelos conselhos da mamãe nos serões caseiros.

— Um pouco de atrevimento, um pouco ao menos, meu caro! — dizia um; e logo outro:

83 Jovem sem barba.
84 Sem juízo.
85 Desajeitado.

— *Audaces fortuna juvat*[86]...

— Isto de homens maricas[87] só servem para uma coisa: envergonhar a espécie!

— Apoiado...

— Apoiado!

Aquelas advertências humilhavam o rapaz. Realmente ele começava a achar-se ridículo, parvo[88] e infeliz. Não encontrava justificação para a sua timidez; daria tudo para convencer os colegas de que era folgazão[89] e gozava a vida; de que tinha proezas, e não obedecia à família tanto quanto supunham. Chegou mesmo a falar na independência do seu caráter, na sua maneira altiva de tratar os superiores e nos recursos monetários que não lhe faltavam nunca... Ia bebendo.

— Bravo! À tua saúde!

— Bravo!

— Bravo!

Os copos esvaziavam-se, os olhos brilhavam e as palavras escorriam fluentes, entre casquinadas de risos e tilintar de vidros.

Entraram depressa em assuntos de amor. Um confessou fazer a corte a uma velha que lhe dava presentes, e mostrou, vaidoso e risonho, o alfinete da gravata cravejado de pedras finas.

— Quando a desenganares, avisa-me — dizia um outro —; ando muito falto de jóias.

Sucessivamente foram-se desenrolando, entre o fumo e o cheiro forte do álcool, as histórias amorosas de todos eles, até que chegou a vez da Albertina.

O nome da pobre moça foi inúmeras vezes repetido, e, como alguém duvidasse da veracidade do conto, o rapaz tirou do bolso uma carta, e, abrindo-a com um gesto decidido, bateu com ela na mesa, sobre o conhaque entornado.

— Dá cá! Deixa-me ver quantos erros traz... — pediu-lhe um dos companheiros.

86 Traduzido do latim: A sorte favorece os audazes.

87 Covarde, afeminado.

88 Pouco inteligente, tolo.

89 Brincalhão, que gosta de divertir-se.

Ele entregou o papel e, recostando-se na cadeira, ouviu risonho e triunfante toda a carta da moça, declamada num tom enfático, embora por vezes muito arrastado.

Choviam comentários; rebentavam a cada período gracejos brutais; e ele, que até então resguardara honestamente, com toda a delicadeza e cuidado, o seu amor, expunha-o agora, sem vexame, aos companheiros indiscretos, gabando-se muito!

— E que tal, é rica? — perguntava um.

— E é formosa? — inquiria outro.

Ele ia respondendo afirmativamente a todos, rindo-se, com o olhar quebrado, os braços sobre a mesa, a voz alterada e o copo entre os dedos. De vez em quando parecia compreender a realidade; queria então reagir, lutar, esconder o seu amor num melindroso recato; mas a cabeça pendia-lhe para o peito, as ideias bailavam-lhe no espírito como folhinhas num redemoinho de vento, e tudo quanto era digno, justo, e que habitualmente guardava concentradamente no coração, consentia que girasse agora, de um modo grosseiro, nesse pequeno círculo de amigos insensatos! Varriam-se-lhe depressa todos os escrúpulos! O conhaque ia arrastando as sutilezas da sua alma, afogando os seus deveres, enegrecendo a sua consciência. Deu-lhe para falar. Contou a sua vida íntima, segredos de família que não transpareciam cá fora: o pai fugira por dívidas; um tio roubara em casa de um amigo... Arremedou depois a voz da Albertina e a maneira da mãe ralhar com a criada.

Os outros já lhe não prestavam atenção, iam bebendo, silenciosamente, até que o dono do botequim os pôs na rua.

A chuva cessara; corria uma viração[90] forte, embalsamada do aroma das chácaras. Os amigos seguiram abraçados, cantando alto, para a esquerda; ele subiu a rua, não errando, milagrosamente, o caminho de casa. Mal seguro nas pernas, dobrando frequentemente os joelhos, cambaleante, ora na calçada, ora no meio da rua, aproximou-se da morada de Albertina, que o esperava a um canto da varanda. Vendo-o naquele estado, ela, sem dizer nada, escondeu-se e fechou horrorizada a janela. Ele pôs-se então a gritar de baixo que não estava bêbado, que não estava! Caluniava-o quem

90 Aragem ou vento fresco.

afirmasse isso! E como a Albertina não se resolvesse a aparecer, ele desatou a chorar alto, muito alto, num berreiro desesperador.

Passou assim algum tempo, até que, já cansado, continuou o seu caminho. A calçada acabara-se; o solo agora era desigual, barrento, coberto de lama e de poças d'água. Por um prodígio estranho, conseguiu conservar o equilíbrio; ia de bordo em bordo, muito agoniado, com grandes tonturas e dores de cabeça. Ao pé de casa havia uma ladeirinha escorregadia... aí não se pôde suster, os joelhos dobraram-se-lhe, vieram-lhe ao mesmo tempo os vômitos, e ele caiu.

Palpitavam-lhe com força as artérias das fontes, martelando-lhe pancadas dolorosas; não podia mover o corpo, muito pesado; e começava de ter a percepção da sua vergonha. Um cão lambeu-lhe e bafejou-lhe a cara; a viração fria da noite pareceu-lhe depois cortar com uma chicotada a face, molhada da baba do animal.

Estava assim, coberto de imundície, quando a mãe surgiu, com um xale pela cabeça, à porta da habitação, a observar se o filho viria perto ou não; dando com ele, assim caído, julgou-o doente ou ferido, e ajoelhou-se depressa a apalpá-lo.

Chamou-o devagar, cariciosamente; não ouvindo resposta, abaixou-se mais, procurando, trêmula, escutar-lhe a respiração; mas, ao chegar a cabeça à boca do filho, recuou espavorida, sentindo o cheiro do álcool. Ele fitava nela os olhos, pasmadamente.

Não passava ninguém; fazia frio, estava escuro, e latiam ao longe os cães; no entanto a pobre mulher esforçava-se por erguer nos seus braços débeis o corpo pesado do filho, e o seu maior desejo era poder abrigá-lo no seio, escondendo-o de todas as pessoas e de todas as coisas!

Conseguiu levá-lo sozinha, através do corredor escuro, para o seu quarto; deitou-o, deu-lhe remédios, e enquanto ele dormia, ressonando alto, ela, numa agonia muda, vigiava à porta, para que alguém não fosse surpreendê-lo assim...

A CASA DOS MORTOS

A Francisca Julia da Silva[91]

Que frio e que negrume!

E eu ia andando no meio da treva, corajosa e firme, em busca daquela que me deu a vida, que me criou nos seus seios, que me enchia as faces de beijos e me vestia a alma de alegrias.

Eu estava agora faminta, mal vestida, mal consolada, cheia de mágoas, saudosa do seu afago quente e doce, da sua palavra cheirosa como o mel da abelha em tronco de especiaria.

E fui andando na treva, seguindo uns passos que eu ouvia, não sei de quem, não sei para onde.

Nem uma estrelinha orientadora; tudo era mudez; só aqueles passos diante de mim: tan, tan, tan, tan, como marteladas através de uma parede grossa!

E fui, sem medo, até que os passos pararam e uma porta se abriu sem rumor, larga e macia. Veio uma rajada; encostei-me ao umbral e divisei então, a uma luz frouxíssima, uns vultos mal definidos, quase apagados.

Perto de mim um homem, embuçado como um esquimó, tirou da cabeça um fardo e pousou-o no chão; depois, voltando-se, disse-me com uma voz soluçada como o vento na ramaria de um salgueiro:

91 Francisca Júlia da Silva (1871-1920) foi uma importante poetisa brasileira, autore de "Mármores" e "O livro da Infância", com o qual buscava desenvolver uma literatura voltada para as crianças.

— Por que vieste atrás de mim? Esta é a casa dos mortos. Vai-te embora! A estrada negra é proibida aos vivos; és o primeiro que a percorre toda sem ter morrido...

Sombras esparsas iam tomando formas humanas e vinham curiosas, lentas, resvalando, debruçarem- se sobre o meu corpo, em atitude de espanto. Eu resistia ao pavor e sôfrega perscrutava tudo, em busca daquela que me deu a vida, que me enchia as faces de beijos, que me embalava com as suas palavras mais cheirosas que o mel das abelhas em tronco de especiaria.

— Quem procuras? — perguntou o mesmo homem, cujos traços eu não percebia sob a projeção do capuz.

— Minha mãe.

O som da minha voz fez fugir em revoada todas aquelas figuras de névoa, como a badalada de um sino em torre coberta de passarinhos. Eu mesma tremi, estranhando a vibração das minhas palavras, tal a clareza e a vida da minha voz ecoando entre os fracos murmúrios das outras, de um tênue sopro de brisa.

Então lá do fundo, do meio de um amontoado de novelos alvadios[92] que se dissipavam aqui para se ajuntarem acolá, a minha mãe veio até mim, sorrindo, com o seu vestido caseiro, a sua bela carne rosada, gorda e fresca como nos tempos em que eu repousava no seu largo seio a minha cabeça sonhadora e febril, e ela me alisava os cabelos com as suas mãos formosíssimas.

Radiante, atirei-me para beijá-la; ela, porém, sempre tão pronta em receber os meus carinhos, paralisou-me com um gesto:

— Não me toques! Não me beijes! Todo o meu corpo se desfaria ao mais leve contato... Terias horror da minha carne e desmaiarias se os meus lábios se unissem aos teus. Para que vieste procurar-me? Foge, meu amor, o teu lugar é lá, na vida, na febre, na luz, no sofrimento. Vai sofrer. Saudades? Tinhas saudades? Pobrezinha! Esquece; não há nada que valha o esquecimento. Eu nunca te apareceria, se não viesses procurar-me. Fizeste mal ao meu repouso, porque, vendo-te, eu não te posso apertar ao meu seio! E as tuas irmãs! E ele?!

Eu chorava; e não perdia um só dos seus gestos. Lembro-me de que ela quis dar-me uma fruta, e que sorriu depois com

92 Cinzentos.

amargura, vendo desfazer-se, entre os seus dedos lívidos, a fruta que me estendia.

— Até os mortos têm ilusões... eu esquecia-me... — disse ela com a sua voz tão outra, apenas audível, como um murmúrio de vento muito ao longe...

Então eu vi, eu vi que todas aquelas sombras flutuantes cercavam o fardo que o homem de capuz pousara no chão; eram dois caixões com defuntos; em um ia uma virgem, no outro um homem. Ela era branca e fina, com umas madeixas negras sobre a túnica pálida e uma haste de nardos[93] nas mãos postas em cruz. Ele era igualmente pálido, e moço, e belo, com a sua linda cabeça loira pousada em violetas.

A Morte, em pé, muito alta e muito esguia, diante dos dois caixões, lançava-lhes uma benção vagarosa, larga, com dizeres que eu não entendia.

Minha mãe explicou-me:

— Só o amor perdura além da morte. Aquilo é a celebração de um noivado. Os dois corpos ficaram lá embaixo, intactos, rígidos, mas aqui as duas almas estarão sempre unidas; e se voltarem à terra, voltarão juntas e para o mesmo laço. Serão eternamente presas uma à outra; almas felizes, raras! Vês? Quem não amou na vida, não tem nem a doçura da saudade para amenizar-lhe a tristeza deste exílio. Repara para as virgens sem noivos; que ar de lamento que elas têm! Essas nunca voltarão à terra, porque da vida não trouxeram lembrança. Só quem amou traz para o mistério da morte um aroma de sonho. Tudo mais é poeira que o vento leva, e espalha, e não se torna a encontrar... Vai-te embora!

Os olhos de minha mãe tinham um brilho de lágrimas, e eu estendi-lhe os braços ansiosos, e logo o seu corpo se tornou imaterial, diáfano[94], como se de névoa fosse. Então o homem do capuz, cujas feições não vi, pegou-me pela mão e trouxe-me para fora, para a estrada, onde eu caminhei entre duas longas filas de ciprestes negros e de anêmonas roxas. Caminhei, caminhei, sem sentir o solo sob os passos cansados; e quando abri os olhos deste estranho sonho, tinha o rosto coberto de lágrimas e as mãos em cruz sobre o coração.

93 Planta que apresenta flores brancas e rosas em forma de sino.
94 Transparente.

AS HISTÓRIAS DO CONSELHEIRO

— Pois minha cara senhora, foi assim que se acabou a história....

— Tem graça! E a rapariga não tornou a aparecer?

— Nunca mais a vi; só sei que o chim casou...

— Com a tal velha rica?!

— Exatamente!

— Mas é delicioso!

— Teve pilhéria[95], teve... Realmente, eu tenho presenciado muita coisa!

— Então! Sr. conselheiro, enquanto não nos servem o chá, conte-nos um outro caso; este foi de um humor irresistível. Ora o chim!

O conselheiro correu o olhar pela assembleia: todos riam. O general limpava uma lágrima, suspirando de alívio, ainda com os lábios distendidos e a mão esquerda comprimindo o ventre. O sobrinho levantara-se e, encostado à janela, assustava as begônias do jardim com o som estrídulo[96] das suas gargalhadas frescas, sonoras, rescendentes de mocidade; a dona da casa sorria agitando a ventarola[97] de seda, e a avó abanava com incredulidade a cabeça branca, perguntando a uma neta,

95 Gracejo, gozação.

96 Agudo, penetrante.

97 Espécie de leque constituído de um cabo e um abano, sem varetas, que não se fecha ou se fecha em duas partes.

que estava ao seu lado, a conclusão do fato, que não ouvira bem... a neta a cada pergunta renovava o riso, curvando-se muito a esconder o rosto na toalha de linho em que bordava as suas iniciais.

—Vamos, sr. Conselheiro — repetiam-lhe —, outra história, sim?

Mas o conselheiro, que tinha uma memória de anjo e que cultivava o gênero das narrações, deixou prudentemente voltarem todos à sua costumada placidez; e, depois de pensar um pouco, declarou ter escolhido assunto, igualmente verídico, mas de gênero diferente. Chegaram-se todos.

Ele começou:

— Exercia eu o cargo de juiz de direito na pequena comarca de Santa Bárbara, quando me foi apresentado o dr. Lemos, antigo advogado no lugar, homem pacato, idoso, cheio de preconceitos religiosos e sociais, muito boa pessoa mas muito cacete[98] também.

"Eu morava sozinho, numa grande casa antiga, de corredores abobadados e de salões sem fim. O homem entendeu que me devia fazer companhia, indo povoar a minha soledade[99] doce e tranquila, com os seus receios e fantasmagorias[100]! Poucos minutos depois de eu ter chegado das sessões do tribunal, era certo, ouvia os passos do meu importuno amigo ecoando como marteladas surdas e compassadas pela escada acima. Entrava para o meu escritório, sempre solene, e, trocadas meia dúzia de palavras, debruçava-se sobre a minha mesa de trabalho, folheava, lia, meditava autos, atrapalhava-me com objeções os processos, declamava contra as acusações dos libelos[101], para ele sempre pálidos e deficientes, e ali ficava horas inteiras, respirando o veneno da maldita cicuta[102] nascida no mais pestífero[103] dos pântanos — o crime! Como ele costumava dizer na sua implacável retórica[104]!

"Eu às vezes tinha vontade de o mandar de presente ao diabo, e demonstrava-lhe mesmo certo mau modo, que ele, na simplici-

98 Maçante, chato.
99 Lugar ermo, deserto, retiro.
100 Ilusões, o que se opõe ao racional
101 Dedução apresentada antes do início do processo.
102 Planta venenosa.
103 Nocivo, pernicioso.
104 A arte da eloquência, de bem argumentar.

dade natural dos bons, não compreendia. Mas admirem-se! Aquele homem, que me entediava, estorvava[105], privando-me da minha liberdade, da minha satisfação, da minha paz concentrada e feliz, aquele homem era-me por fim indispensável, real e positivamente imprescindível! É verdade! Estimei-o; estimei-o é pouco; adorei--o! Se ele tardava, eu ia à janela, olhando impaciente para a longa rua solitária da pobre cidade de província. As galinhas cacarejavam, depenicando[106] nas ervinhas nascidas nas gretas[107] das calçadas, e, num quintalzinho fronteiro, uma cabocla sadia e formosa cantava alto, estendendo roupa no coradouro[108]. Era sempre o que eu via aquela hora, até que despontasse, na terceira esquina do alto, o vulto do dr. Lemos, magro, meio curvado, com uma sobrecasaca comprida, calças escuras e o chapéu de sol aberto, inclinado para o lado do sol. Então eu recomendava à criada que nos preparasse o café, e ia esperá-lo no escritório.

"Lemos contou-me a sua vida; coisa vulgar: sempre com aspirações a fortuna, hoje uma esperança, amanhã um desengano, e o tempo a passar e a velhice a tomar posse dele, com os seus achaques[109] e desilusões! Casara-se: a mulher era um anjo a quem não tinha podido nunca dar sossego de espírito; mas a infeliz morreu cedo, deixando um filho pequeno. Ora, esse filho era então o grande sol, a última e única esperança que restava ao velho! O pobre homem levava-me horas e horas a tecer elogios ao seu portentoso Isidoro, uma verdadeira maravilha de talento e de virtudes. A honra era o grande pedestal de ouro em que nuns entusiasmos arrebatados colocava esse deus, herança de uma mulher amada. Contava coisas do pequeno, exaltando-lhe o caráter; e orgulhava-se dele, do seu juízo, da sua probidade[110], do seu critério; não falava senão na grande retidão de espírito, de que, desde criança, dera provas; no seu carinho, na bondade natural do seu coração, em mil coisas ternas, enaltecedoras e naturais em um pai. Eu ou-

105 Aborrecia.
106 Desprendendo penas.
107 Fendas.
108 Local ao ar livre, batido pelo sol, onde se cora (colore) a roupa.
109 Ameaças, coações.
110 Honestidade.

via-o, felicitava-o, e lia de vez em quando uma ou outra carta que o rapaz enviava da corte, onde o padrinho, influência política, o tinha empregado como caixa de um banco.

"Aquele era o único ponto que o prendia ao mundo. Sem o Isidoro, a terra pareceria ao dr. Lemos como que um grande arneiro[111] em que não houvesse um único recanto nemoroso[112]; tudo estéril, frio, chato, insalubre[113]!

"Era aquele filho exemplar, que o céu lhe concedera, quem dava cor às flores, brilho às estrelas, aroma às plantas, doçura ao ar, tranquilidade aos lagos, beleza às aves e harmonia à musica! Eu, pobre solteirão, bem colocado, desconhecendo grande parte da vida, a luta da existência a que ele, desde os doze anos de idade, órfão de mãe e pai, se lançara; eu tinha muitas vezes inveja daquele homem, alquebrado de trabalhos e de injustiças, mas sempre honesto e sempre radiante do orgulho que lhe dava o filho! Ah! Quantas vezes eu não suspirava, imaginando a ventura de ter também um Isidoro, forte, espirituoso e, sobretudo, honrado como o do meu amigo! Mas isto são coisas que não vêm ao caso; continuemos. Vivíamos assim seguramente havia uns dois anos, quando recebi uma carta do Rio, pedindo-me que, por ser eu amigo dedicado e reconhecido do dr. Lemos, lhe participasse, como entendesse melhor, que o filho..."

— Morrera? - perguntou uma das senhoras, interessada pelo banal enredo.

— Não... pior.

— Ora essa; pior do que a morte! Então que era?

— A desonra, minha querida senhora!

E o conselheiro, passando o lenço de seda pela calva, fez uma pausa, premeditada, para maior impressão; depois prosseguiu:

— Comunicavam-me ter o rapaz subtraído ao banco de que era caixa uma grossa quantia; a bagatela de trezentos contos e ter fugido para a América do Norte! Imaginem o pasmo em que eu caí! Contudo, era preciso reagir, procurar o velho antes que ele me viesse à casa, e dizer-lhe tudo, jeitosamente; se não, poderia anteci-

111 Local onde se tem areia.
112 Coberto de mato ou de floresta.
113 Que não é bom para a saúde.

par-me alguém de menos caridade, ou mais irreflexão. Como ele costumava ir ler no meu escritório os jornais da corte, escondi-os na gaveta da secretária, bem fechados: podia dar-se o caso de um desencontro; nada mais fácil do que ir eu tomando à esquerda, para a sua casa, e ele vir da direita, para a minha. Saí; fui bater-lhe à porta; ele não estava. Regozijei-me com isso. Voltei mais sossegado até meio caminho; mas depois irritei-me! Poderia estar tudo concluído, e afinal havia ainda de esperar uma ocasião propícia para desfechar tão pavorosa revelação! Quando entrei no meu escritório já lá o encontrei sentado, a ler um grosso volume de Direito, com os óculos encavalgados no nariz, cruzadas as pernas longas e magras, o lenço de rapé sobre o joelho, e os nastros[114] das ceroulas pendentes, a balançarem-se ao contínuo movimento da perna.

— Então como vai isso? — perguntei-lhe na minha prosa de uso ordinário.

— Menos mal...

— Bom...

— Estou aqui a ler os seus livros, já que não encontrei os jornais; dar-se-á caso que não viessem hoje?

— Sim... é verdade; não vieram hoje!

— Fazem falta; que diabo, aquilo, afinal, é o meu vício!...

"Tive un risinho amarelo e pus-me a ler também um in-folio[115], a que não prestava atenção, estudando um meio de contar o caso ao velho. Mas não tive ocasião: pela primeira vez em vinte e sete meses, o dr. Lemos não me falou no seu idolatrado Isidoro!

"E eu à espreita desse momento para aproveitar o ensejo de encaixar o ensaiado discurso! Convidei nesse dia o Lemos para jantar; ele aceitou e eu calculei: "Está direito; à sobremesa conto-lhe tudo!" Jantei mal, ele não; comia com vontade, acumulando no prato carne, ervas e arroz, mastigando a côdea[116] do pão, bebendo a grandes goles o meu estimado Colares[117]. Eu, que o sabia

114 Tira de pano estreita para atar, cadarço.

115 Folha de impressão dobrada ao meio, que resulta em um caderno quatro páginas.

116 Parte exterior do pão.

117 Vinho tinto da freguesia de Colares, na região costeira d Sintra, em Portugal, que é feito de uvas provenientes de videiras plantadas na areia da praia.

sóbrio e que muitas vezes tinha presenciado o seu repasto frugal e mesquinho[118], admirava-me; e pelas alturas da sobremesa, vendo-o animado, com boa cor, coisa extraordinária nele, habitualmente esverdeado, julguei mais acertado novo adiamento:

a ocasião não era asada[119], com certeza! Lemos cairia morto, fulminado por uma congestão, entre as cadeiras e a mesa, arrastando na queda os despojos dos frangos e as frutas em calda de açúcar! Parecia-me vê-lo, rubro, com os olhos desmedidamente abertos e a mão crispada, tentando, num esforço angustiado, arrancar ao pescoço a gravata."

— Em que diabo está o senhor a pensar — perguntou-me ele —, que parece tão preocupado! Desembuche, homem!

— Não penso em nada...

— Hum... enfim, não tenho direitos que justifiquem qualquer insistência; se não, havia de confessá-lo!

— O dr. é que me parece satisfeito, hoje.

— Assim é! — E chegando a cadeira para perto da minha, abriu a carteira e mostrou-me duas notas de quinhentos mil réis remetidas pelo filho, o seu Isidoro, como lembrança de amizade. — Veja o amigo — continuava ele —, que excelente rapaz! Quantas economias, quantas horas de trabalho isto não representa! Meu pobre filho! Nada fiz por ele, não cursou academias, passou muitas vezes vexames, escondendo as botas rotas e tapando com um lenço o pescoço sem colarinho, tudo isso por eu não ter nunca um emprego, uma colocação, uma causa! E agora aí está... — dizia, com os olhos rasos d'água, apontando as notas — como ele me recompensa de tantas vergonhas por que passou! — E levantando a carteira, beijou com ternura, grata, demoradamente, as duas notas de quinhentos mil réis remetidas pelo filho.

Não pude reprimir um movimento de indignação; mas o bom homem, todo embebido na sua ventura, não o percebeu. Ofereci-lhe mais vinho e falei de outra coisa.

Ele estendeu o copo, sem parecer escutar-me; depois, com um sorriso nos lábios e os olhos ainda úmidos, voltou-se para mim e disse:

118 Porção pequena de comida.
119 Adequada.

—Vá lá! Quero que o meu amigo me acompanhe num brinde! A saúde do melhor dos filhos, o meu Isidoro!

"Estremeci e hesitei; mas venci depressa a minha grande repugnância e, elevando o cálice, repeti maquinalmente: "À saúde do seu filho Isidoro!..."

"Os nossos olhares encontraram-se; o dele cheio de ternura, trasbordante de glória, num grande extravasamento de alegria! O meu refletindo a mais penosa das impressões! Tocamos os copos e, silenciosamente, esgotamos o velho Porto.

"Pois, meus amigos, não só ocultei do desgraçado pai o que sucedera ao filho, como ainda fui bater de porta em porta, recomendando silêncio aos seus poucos amigos! Respeitavam-me muito no lugar, e até à minha partida, ninguém ousou dizer-lhe coisa alguma a tal respeito. Mas, desde esse dia, a minha vida tornou-se um martírio em Santa Bárbara.

"Todos os dias decidia falar ao dr. Lemos da situação do filho, e todos os dias transferia a execução do plano! Ao senti-lo na escada, escondia à pressa os jornais, cheios do nome de Isidoro! Ouvia-lhe os elogios do filho, como o mais honrado, o mais honestamente bom dos homens, sem demonstrar o desprezo, o ódio, que esse rapaz distante e desconhecido me inspirava!

"Uma tarde resolvi definitivamente contar-lhe tudo, e convidei-o para um passeio. Íamos a pé, devagar, palestrando pachorrentamente[120]; seguimos pelas ruas menos frequentadas, até um campo, onde Lemos parou, e estendendo o braço longo e seco, apontou-me um terreno distante, à esquerda, mais sombreado de árvores, ao pé de uma cascatinha tremeluzente, entre verduras de relvas e manchas claras de pedras: — Acolá — disse ele — que eu desejo e ainda espero ver um chalezinho feito pelo meu Isidoro, onde eu viva ao pé dele, de uma nora sensata e de uns netinhos alegres... Será então, se eu conseguir isso, a minha primeira época de felicidade neste mundo!

"Não respondi, mas, francamente, tive vontade de chorar; a única ambição do desventurado era irrealizável, como tantas outras! Não! Eu não lhe diria nunca o que tinha feito o seu honesto Isidoro!

120 Lentamente, com paciência.

"Voltando para casa, requeri ao ministro da justiça "licença para tratar da minha saúde onde me conviesse".

"Felizmente fui atendido; o despacho não se fez esperar muito. Em uma manhã chuvosa parti de Santa Bárbara. Lemos foi dizer-me adeus à estação; parece-me que o estou a ver, fugindo da lama, a saltar de pedra em pedra, com o chapéu de chuva aberto, as calças arregaçadas, o sobretudo abotoado e um lenço de seda enrolado no pescoço.

"Eu já estava no vagão, ele encostou-se ao comboio e segurou-me as mãos com amizade, pedindo-me que, de passagem pelo Rio, visitasse o seu filho.

"Prometi-lhe isso e desci; abraçamo-nos; vi-lhe, através dos óculos, as lágrimas tremerem-lhe presas às pestanas ralas e curtas... Meu pobre amigo... Ao primeiro silvo e à primeira oscilação do trem, entrei à pressa; um empregado fechou com estrondo a porta; Lemos, recuando muito pálido, fixava-me com ternura; mais um segundo e o comboio partiu; debrucei-me na janela; lá ficava sozinho o Dr. Lemos, agitando melancolicamente o seu lenço branco.

"Escrevi-lhe do Rio, mas não obtive resposta.

"Soube mais tarde, por uma carta do promotor público, que o velho estava louco; disseram-lhe tudo no próprio dia da minha partida; aquela boa gente arrebentaria de impaciência se o não fizesse!

"Ora aí está, meus senhores, como se acabou esta segunda história..."

— Decididamente, sr. conselheiro, achei muito melhor a primeira...

— Deveras, minha senhora?

— Sou da mesma opinião — confirmou o general.

— E eu, e eu — disseram outras vozes.

— Pois, meus amigos, entre todos os fatos da minha vida, foi este o que maior impressão me deixou! Sempre que me lembro do infeliz pai...

— Bem — interrompeu a dona da casa, disfarçando um bocejo: — Vamos agora ao chá?

A CAOLHA

A Eva Canel[121]

A caolha era uma mulher magra, alta, macilenta, peito fundo, busto arqueado, braços compridos, delgados, largos nos cotovelos, grossos nos pulsos; mãos grandes, ossudas, estragadas pelo reumatismo e pelo trabalho; unhas grossas, chatas e cinzentas, cabelo crespo, de uma cor indecisa entre o branco sujo e o loiro grisalho, desses cabelos cujo contato parece dever ser áspero e espinhento; boca descaída, numa expressão de desprezo, pescoço longo, engelhado[122], como o pescoço dos urubus; dentes falhos e cariados.

O seu aspecto infundia terror às crianças e repulsão aos adultos; não tanto pela sua altura e extraordinária magreza, mas porque a desgraçada tinha um defeito horrível: haviam-lhe extraído o olho esquerdo; a pálpebra descera mirrada, deixando, contudo, junto ao lacrimal, uma fístula[123] continuamente porejante.

Era essa pinta amarela sobre o fundo denegrido da olheira, era essa distilação incessante de pús que a tornava repulsiva aos olhos de toda a gente.

121 Eva Canel (1857-1932) era como ficou conhecida Agar Eva Infanzón Canel, escritora e jornalista nascida na Espanha e radicada em Cuba. Júlia dedica seus contos a mulheres envolvidas na luta pelo reconhecimento da mulher na sociedade. É possível que Júlia tenha encontrado Eva em sua viagem para Buenos Aires em 1922, quando Eva morava nesta cidade.

122 Enrugado.

123 Canal entre duas vísceras ou entre a víscera e a pele, formando uma ferida.

Morava numa casa pequena, paga pelo filho único, operário numa oficina de alfaiate; ela lavava roupa para os hospitais e dava conta de todo o serviço da casa, inclusive cozinha. O filho, enquanto era pequeno, comia os pobres jantares feitos por ela, às vezes até no mesmo prato; à proporção que ia crescendo, ia-se-lhe a pouco e pouco manifestando na fisionomia a repugnância por essa comida; até que um dia, tendo já um ordenadozinho, declarou à mãe que, por conveniência do negócio, passava a comer fora...

Ela fingiu não perceber a verdade, e resignou-se.

Daquele filho vinha-lhe todo o bem e todo o mal.

Que lhe importava o desprezo dos outros, se o seu filho adorado lhe apagasse com um beijo todas as amarguras da existência?

Um beijo dele era melhor que um dia de sol, era a suprema carícia para o seu triste coração de mãe! Mas... os beijos foram escasseando também, com o crescimento do Antonico! Em criança ele apertava-a nos bracinhos e enchia-lhe a cara de beijos; depois, passou a beijá-la só na face direita, aquela onde não havia vestígios de doença; agora, limitava-se a beijar-lhe a mão!

Ela compreendia tudo e calava-se.

O filho não sofria menos.

Quando em criança entrou para a escola pública da freguesia, começaram logo os colegas, que o viam ir e vir com a mãe, a chamá-lo — *o filho da caolha.*

Aquilo exasperava-o; respondia sempre:

— Eu tenho nome!

Os outros riam-se e chacoteavam-no; ele queixava-se aos mestres, os mestres ralhavam com os discípulos, chegavam mesmo a castigá-los, mas a alcunha pegou. Já não era só na escola que o chamavam assim.

Na rua, muitas vezes, ele ouvia de uma ou de outra janela dizerem: Olha o filho da caolha! Lá vai o filho da caolha! Lá vem o filho da caolha!

Eram as irmãs dos colegas, meninas novas, inocentes e que, industriadas pelos irmãos, feriam o coração do pobre Antonico cada vez que o viam passar!

As quitandeiras, onde ia comprar as goiabas ou as bananas para o lanche, aprenderam depressa a denominá-lo como os outros, e, muitas vezes, afastando os pequenos que se aglomeravam ao redor delas, diziam, estendendo uma mancheia[124] de araçás[125], com piedade e simpatia:

— *Tá hi,* isso é pr'a *o filho da caolha!*

O Antonico preferia não receber o presente a ouvi-lo acompanhar de tais palavras; tanto mais que os outros, com inveja, rompiam a gritar, cantando em coro, num estribilho já combinado:

— Filho da caolha, filho da caolha!

O Antonico pediu à mãe que o não fosse buscar à escola; e, muito vermelho, contou-lhe a causa: sempre que a viam aparecer à porta do colégio os companheiros murmuravam injúrias, piscavam os olhos para o Antonico e faziam caretas de náuseas!

A caolha suspirou e nunca mais foi buscar o filho.

Aos onze anos o Antonico pediu para sair da escola: levava a brigar com os condiscípulos[126], que o intrigavam e malqueriam. Pediu para entrar para um oficina de marceneiro. Mas na oficina de marceneiro aprenderam depressa a chamá-lo — *o filho da caolha*, e a humilhá-lo, como no colégio.

Além de tudo, o serviço era pesado e ele começou a ter vertigens e desmaios. Arranjou então um lugar de caixeiro de venda; os seus ex-colegas agrupavam-se à porta, insultando-o, e o vendeiro achou prudente mandar o caixeiro embora, tanto mais que a rapaziada ia-lhe dando cabo do feijão e do arroz expostos à porta nos sacos abertos! Era uma contínua saraivada de cereais sobre o pobre Antonico!

Depois disso, passou um tempo em casa, ocioso, magro, amarelo, deitado pelos cantos, dormindo às moscas, sempre zangado e sempre bocejante! Evitava sair de dia e nunca, mas nunca, acompanhava a mãe; esta poupava-o: tinha medo que o rapaz, num dos desmaios, lhe morresse nos braços, e por isso nem sequer o repreendia! Aos dezesseis anos, vendo-o mais forte, pediu e obteve-lhe a caolha um lugar numa oficina de alfaiate. A infeliz mulher contou ao mestre toda a história do filho e suplicou-lhe que não deixasse os aprendizes humilhá-lo; que os fizesse terem caridade!

124 Punhado.
125 Fruto comestível, semelhante à goiaba.
126 Coelgas de classe.

Antonico encontrou na oficina uma certa reserva e silêncio da parte dos companheiros; quando o mestre dizia "sr. Antonico", ele percebia um sorriso mal oculto nos lábios dos oficiais; mas a pouco e pouco essa suspeita ou esse sorriso se foi desvanecendo, até que principiou a sentir-se bem ali.

Decorreram alguns anos e chegou a vez do Antonico se apaixonar.

Até aí, numa ou noutra pretensão de namoro que ele tivera, encontrara sempre uma resistência que o desanimava, e que o fazia retroceder sem grandes mágoas. Agora, porém, a coisa era diversa: ele amava! Amava como um louco a linda moreninha da esquina fronteira, uma rapariguinha adorável, de olhos negros como veludo e boca fresca como um botão de rosa. O Antonico voltou a ser assíduo em casa e expandia-se mais carinhosamente com a mãe; um dia, em que viu os olhos da morena fixarem os seus, entrou como um louco no quarto da caolha e beijou-a mesmo na face esquerda, num transbordamento de esquecida ternura!

Aquele beijo foi para a infeliz uma inundação de júbilo! Tornava a encontrar o seu querido filho! Pôs-se a cantar toda a tarde, e nessa noite, ao adormecer, dizia consigo:

— Sou muito feliz... o meu filho é um anjo!

Entretanto, o Antonico escrevia, num papel fino, a sua declaração de amor à vizinha. No dia seguinte mandou-lhe cedo a carta. A resposta fez-se esperar. Durante muitos dias o Antonico perdia-se em amargas conjecturas.

Ao princípio pensava:

"É o pudor". Depois começou a desconfiar de outra causa: por fim recebeu uma carta em que a bela moreninha confessava consentir em ser sua mulher, se ele se separasse completamente da mãe! Vinham explicações confusas, mal alinhavadas: lembrava a mudança de bairro; ele ali era muito conhecido por *filho da caolha,* e bem compreendia que ela não poderia sujeitar-se a ser alcunhada em breve de *nora da caolha,* ou coisa semelhante!

O Antonico chorou. Não podia crer que a sua casta e gentil moreninha tivesse pensamentos tão práticos!

Depois o seu rancor voltou-se para a mãe.

Ela era a causadora de toda a sua desgraça! Aquela mulher perturbara a sua infância, quebrava-lhe todas as carreiras, e agora o seu mais brilhante sonho de futuro sumia-se diante dela!

Lamentava-se por ter nascido de mulher tão feia, e resolveu procurar meio de separar-se dela; considerar-se-ia humilhado continuando sob o mesmo teto; havia de protegê-la de longe, vindo de vez em quando vê-la, à noite, furtivamente...

Salvava assim a responsabilidade do protetor e, ao mesmo tempo, consagraria à sua amada a felicidade que lhe devia, em troca do seu consentimento e amor...

Passou um dia terrível; à noite, voltando para casa, levava o seu projeto e a decisão de o expor à mãe.

A velha, agachada à porta do quintal, lavava umas panelas com um trapo engordurado. O Antonico pensou: "A dizer a verdade eu havia de sujeitar minha mulher a viver em companhia de... uma tal criatura?" Estas últimas palavras foram arrastadas pelo seu espírito com verdadeira dor. A caolha levantou para ele o rosto, e o Antonico, vendo-lhe o pus na face, disse:

— Limpe a cara, mãe...

Ela sumiu a cabeça no avental; ele continuou:

— Afinal, nunca me explicou bem a que é devido esse defeito!

— Foi uma doença — respondeu sufocadamente a mãe. — É melhor não lembrar isso!

— É sempre a sua resposta; é melhor não lembrar isso! Por quê?!

— Porque não vale a pena; nada se remedeia[127]...

— Bem! Agora escute: trago-lhe uma novidade: o patrão exige que eu vá dormir na vizinhança da loja... já aluguei um quarto: a senhora fica aqui e eu virei todos os dias saber da sua saúde ou se tem necessidade de alguma coisa... É por força maior; não temos remédio senão sujeitar-nos!...

Ele, magrinho, curvado pelo hábito de costurar sobre os joelhos, delgado e amarelo como todos os rapazes criados à sombra das oficinas, onde o trabalho começa cedo e o serão[128] acaba tarde, tinha

127 Corrige.
128 Trabalho extra feito à noite.

lançado naquelas palavras toda a sua energia, e espreitava agora a mãe com olho desconfiado e medroso.

A caolha levantou-se, e, fixando o filho com uma expressão terrível, respondeu com doloroso desdém:

— Embusteiro![129] O que você tem é vergonha de ser meu filho! Saia! Que eu também já sinto vergonha de ser mãe de semelhante ingrato!

O rapaz saiu cabisbaixo, humilde, surpreso da atitude que assumira a mãe, até então sempre paciente e cordata; ia com medo, maquinalmente, obedecendo à ordem que tão feroz e imperativamente lhe dera a caolha.

Ela acompanhou-o, fechou com estrondo a porta, e, vendo-se só, encostou-se cambaleante à parede do corredor e desabafou em soluços.

O Antonico passou uma tarde e uma noite de angústia.

Na manhã seguinte o seu primeiro desejo foi voltar à casa; mas não teve coragem: via o rosto colérico da mãe, faces contraídas, lábios adelgaçados pelo ódio, narinas dilatadas, o olho direito saliente, a penetrar-lhe até o fundo do coração, o olho esquerdo arrepanhado, murcho — e sujo de pus; via a sua atitude altiva, o seu dedo ossudo, de falanges salientes, apontando-lhe com energia a porta da rua; sentia-lhe ainda o som cavernoso da voz, e o grande fôlego que ela tomara para dizer as verdadeiras e amargas palavras que lhe atirara ao rosto; via toda a cena da véspera e não se animava a arrostar[130] com o perigo de outra semelhante.

Providencialmente, lembrou-se da madrinha, única amiga da caolha, mas que, entretanto, raramente a procurava.

Foi pedir-lhe que interviesse, e contou-lhe sinceramente tudo que houvera.

A madrinha escutou-o comovida; depois disse:

— Eu previa isso mesmo, quando aconselhava tua mãe a que te dissesse a verdade inteira; ela não quis, aí está!

— Que verdade, madrinha?!

— Hei de dizer-te perto dela; anda, vamos lá!

129 Enganador, impostor, mentiroso.
130 Encarar, defrontar.

Encontraram a caolha a tirar umas nódoas do fraque do filho — queria mandar-lhe a roupa limpinha. A infeliz arrependera-se das palavras que dissera e tinha passado toda a noite à janela, esperando que o Antonico voltasse ou passasse apenas...Via o porvir negro e vazio e já se queixava de si! Quando a amiga e o filho entraram, ela ficou imóvel: a surpresa e a alegria amarraram-lhe toda a ação.

A madrinha do Antonico começou logo:

— O teu rapaz foi suplicar-me que te viesse pedir perdão pelo que houve aqui ontem, e eu aproveito a ocasião para, à tua vista, contar-lhe o que já deverias ter-lhe dito!

— Cala-te! — murmurou com voz apagada a caolha.

— Não me calo tal! Essa pieguice[131] é que te tem prejudicado! Olha, rapaz! Quem cegou tua mãe... foste tu!

O afilhado tornou-se lívido; e ela concluiu:

— Ah, não tiveste culpa! Eras muito pequeno quando, um dia, ao almoço, levantaste na mãozinha um garfo; ela estava distraída, e antes que eu pudesse evitar a catástrofe, tu enterraste-o pelo olho esquerdo! Ainda tenho no ouvido o grito de dor que ela deu!

O Antonico caiu pesadamente de bruços, com um desmaio; a mãe acercou-se rapidamente dele, murmurando trêmula:

— Pobre filho! Vês? Era por isto que eu não lhe queria dizer nada!

131 Excesso de sentimentalismo.

IN EXTREMIS

— Estás pronta, Laura? — perguntou o doutor Seabra entrando no quarto de *toilette*[132] da esposa.

— Estou... só me faltam as luvas... Como me achas?

— Linda!

Ele não mentia: a mulher parecia-lhe ainda mais formosa e mais fresca, com o seu vestido azul claro, muito leve e o chapeuzinho de rendas finas bem pousado na cabeleira loira, de ondas largas. Ela sorriu, contente, pulverizando-se com *white rose*[133]; ele franziu as sobrancelhas grisalhas, percebendo, através da carnação[134] delicada da sua mulherzinha, um íntimo estremecimento de vaidade satisfeita.

— O carro está na porta? — perguntou a moça com modo distraído, mirando-se toda num grande espelho e a passar, num último toque vaporoso, o pompon de *veloutine*[135] pelo pescoço branco e perfeito.

— Está... e lá tens o ramo de rosas que pediste...

— Como és bom!...

— Hoje as corridas devem ser muito animadas. O tempo está lindo!... Levas a pequenina?

132 Vestuário.
133 Espécie de perfume.
134 Cor da pele.
135 Tecido aveludado.

— Não. Mamãe toma conta dela, já a mandei para lá... Sabes? Estou hoje com tanto leite!... Tenho medo de manchar o vestido... que vergonha se...

— Escuta — interrompeu ele—; antes de irmos para o Derby[136], parece-me que deveríamos entrar um pouco em casa do Bruno Tavares...

O doutor Seabra sentara-se atrás da mulher e contemplava-a no espelho, com olhar perscrutador e vigilante. Viu-a estremecer; fez uma pausa; ela suspendeu o pompon, à espera da conclusão. Ele acabou por fim:

— O Bruno está muito mal... creio mesmo que não escapará!

Laura voltou-se, muito pálida, com os olhos esgazeados[137] e os beiços trêmulos. O marido baixou o olhar, entristecido. Havia muito tempo já que ele sabia quanto amor a esposa consagrava ao Bruno. O seu ciúme de marido não explodira nunca, mas concentrava-se, cada vez mais amargo, no fundo do coração. O outro era moço, ele já se avizinhava da velhice; o outro era um sonhador, um idealista, simpático à imaginação ardente de Laura; ele era um homem de ciência, materialista, descrente, já sem forças para encantar ninguém. Conhecia, estudava sem tréguas o espírito e o coração da mulher e confiava nela.

Laura era honesta, dedicada, e abafava com ânimo forte o seu amor pecaminoso, nas dobras de um manto de virtude e de sacrifício. Ele sabia que o Bruno não se declarara nunca, mas que, o que os lábios calavam respeitosamente, diziam o olhar, a sua pele quente, o som de sua voz moça e o arrojo[138] da sua fantasia de apaixonado!

Quantas vezes o doutor Seabra, fingindo ler os seus livros de estudo, auscultava de longe aqueles dois corações, que se conservavam ali, um em frente do outro, mudos e ternos, enquanto as bocas falavam de poesia e de flores, de luar e de música, de aves e de estrelas, de tudo que brilha, que alegra, que entusiasma e que une as almas apaixonadas.

Eles liam juntos, contavam-se cenas da infância, alegremente, com interesse mútuo; e o doutor Seabra passava as páginas secas do

136 Corrida de cavalos.
137 Perturbados.
138 Ânimo, audácia.

seu livro tremulamente, com os olhos úmidos e o coração pesado. Tinha medo de intervir, calava os seus receios, esperando sempre uma solução ou um meio de levar a sua Laura para outras terras, sem mostrar o seu zelo, com vergonha de parecer ridículo ou de ofender a esposa. Ela era trêfega[139], graciosa, mas firme. Mesmo naquele dia, ele compreendia bem que toda a sua graça, todo o seu perfume, toda a sua gentileza se dirigiam ao outro, que esperava encontrar nas corridas, na arquibancada...

Eram para o *outro* a doçura do seu ramo de rosas, o mimo das suas rendas finas, o colorido brando da sua *toilette* primaveril! Voavam para o *outro* todo o seu pensamento, toda a sua vontade, toda a sua alegria!

Laura continuava pálida, suspensa.

— Quem me disse isto foi o médico — continuou o marido. — Como és amiga da família, lembrei-me que desejarias talvez ir lá...

— Sim!... Vamos, vamos!

Desceram. O dia estava esplêndido, passavam carros cheios de moças para as corridas. Sorria o sol, dourando o espaço, e o rumor de um domingo festivo alegrava as ruas.

Laura sentou-se muito calada, apertando nas mãos com desespero o seu ramo de flores. O marido sentia-lhe a dor através do silêncio e do olhar parado de quem vê fantasmas...

Tinha pena dela, dessa pobre amante virtuosa, sonhadora e casta. Falecia-lhe a coragem de perturbar-lhe a mágoa e o pensamento com uma palavra ou um simples gesto.

Aquela piedade singular enchia-o de pasmo, a ele mesmo!

Ela parecia-lhe agora um pouco sua filha, embora a adorasse como mulher! Era tão moça, tão inexperiente, mas tão meiga, tão dócil, que se julgava com o supremo direito de a conduzir com carinho, na solicitude amável de um pai. Compreendia a firmeza ao caráter da moça, sabia que ela preferiria morrer a enganá-lo grosseiramente e que toda a sua paixão pelo Bruno era feita de imaginação e de sonho!

A culpa não era deles, mas sua, que já tinha cabelos brancos, as falas amortecidas, o espírito inquietado por atribulações diferentes.

139 Inquieta.

A morte daquele pobre rapaz era um alívio para o seu coração. Desaparecido ele, teria morrido a causa do seu ciúme amargo e irremediável. Laura continuaria por longo tempo a amá-lo nas suas orações, através das estrelas; mas o tempo viria sossegadamente atenuar-lhe as saudades... e tudo acabaria em doce paz. Se o outro não sucumbisse... ele então arrastaria a esposa para bem longe, sem que ela desconfiasse porque, temendo entretanto a luta e descrente da vitória!

Sentia que o pensamento dos dois unir-se-ia sempre através das distâncias, arrastados pelo mesmo ideal, pelo mesmo ardor e pela mesma esperança! Sim, só a morte, a morte bendita, poderia cortar com as suas asas frias aquele amor nascente...

Quando o carro parou, Laura desceu sem esperar auxílio e correu para a casa do Bruno. Dentro havia um silêncio triste, um ar de túmulo...

A mãe do moço apareceu-lhes chorando. O filho desenganado pelos médicos; e descreveu os horrores da febre que o levava assim, rapidamente.

— De mais a mais, ele nega-se a todo o alimento — dizia a pobre senhora —; só consegue tomar leite...

Os médicos mandam-no tomar leite de peito, tenho chamado amas... umas não querem dar-lhe o seio, outras recusam-se a tirar o leite com a bomba! E o meu filho morre... meu filho morre!

Laura olhou para o esposo; conservaram-se mudos um em frente ao outro. A dona da casa levou-os por fim para o quarto do doente.

O moço, enterrado entre as dobras dos lençóis, pareceria dormir se não movesse continuadamente os lábios muito secos. Exalava-se de todo o seu corpo um calor intensíssimo de febre. A irmã mais velha vigiava-o solicitamente, sentada ao pé do leito.

— Já veio a ama, mamãe? — perguntou ela com voz chorosa.

— Ainda não!

Bruno não abriu os olhos, mas uma ligeira contração arrepanhou-lhe as faces. O doutor Seabra estremeceu. Parecia-lhe a morte! Laura voltou-se de novo para o marido, com o rosto transtornado e o olhar interrogativo.

Ele vacilou um momento; depois fez-lhe um signal afirmativo, muito vago, quase imperceptível!

A moça ajoelhou-se rapidamente e desabotoou com os dedos nervosos e tateantes o seu lindo vestido de seda azul claro. O marido curvou-se, trêmulo, com as narinas dilatadas e o coração opresso; arrependido do seu consentimento, ia talvez dizer — não! Mas Laura tirara o seio túmido, branco, onde as veias estendiam tênues fios azulados e encostava o bico róseo à boca ardente e seca do moribundo.

Ela, muito curvada, encobria a meio o busto do enfermo, ele engolia o leite a largos tragos, sofregamente, descerrando a pouco e pouco os olhos.

A comoção de Laura era imensa! Salvar o seu amor, o seu amante sonhado, a sua esperança, com o leite da sua carne, o sangue da sua vida, era um gozo de inextinguível doçura! Não era a volúpia, a paixão sensual que vibrava no seu corpo frágil de mulher moça, mas uma piedade, uma ternura que lhe alagava a alma, de tal jeito que a fazia amar agora o moço, como uma mãe adora o filho pequenino...

Ele abriu completamente os olhos: reconheceu-a... houve um sorriso entre ambos, um clarão de verdade! Mas a febre exigia mais leite e ele continuou a chupar com sofreguidão a carne da mulher que nem em sonhos profanara nunca, dizendo-lhe com o olhar tudo que tinha sempre calado — que a amava... que a amava!... Até que a prostração veio de novo cerrar-lhe as pálpebras e que ele adormeceu profundamente, sem contrações, com um sorriso de paz nos lábios satisfeitos... Laura escondeu o seio, trêmula e feliz...

Só o doutor Seabra compreendeu que aquele sono do moço era o último, e foi com piedade e comoção que viu Laura levantar-se e dizer-lhe, toda dele, atirando-se aos seus braços, com ar vitorioso e sincero:

— Obrigada, meu querido... como tu és bom!

A BOA LUA

A Maria Clara da Cunha Santos[140]

O milho caía em granulações de ouro, por entre os dedos rugosos, curtos, cor de fumo seco, do velho Samé.

Os bisnetos riam-se às escancaras, acompanhando o andar vacilante do bisavô, que mal arrastava os pés doentes sobre os laivos[141] azinhavrados[142] do chão úmido. Chovera, e o campo abria-se por ali fora, nu, só com uns velhos tocos de madeira podre, onde zumbiam abelhas e despontavam róseas orelhas de pau para lhes ouvir a música.

O tio Samé fizera cem anos pelo S. Miguel; dera de enfraquecer, pelos últimos tempos; estava a acabar todos os dias.

Nos seus olhinhos garços[143] já havia a névoa da idiotia, a ausência da alma, que se lhe desprendia do corpo aos pedaços.

Caíam-lhe falripas[144] brancas, àsperas e lisas, como pálida moldura às carquilhas do seu rostinho sumido, de maxilas sa-

140 Maria Clara da Cunha Santos (1866-1911) foi uma escritora, destacando-se principalmente por suas crônicas, sendo uma das principais colaboradoras da revista "A Mensageira", onde escrevia a coluna "Cartas do Rio", onde falava sobre o dia-a-dia da cidade do Rio de Janeiro.

141 Sinais, vestígios.

142 Camada esverdeada que se forma devido à umidade.

143 Verde-azulado.

144 Cabelos curtos e ralos.

lientes e pele azeitonada. Todo ele era miúdo e enrugado. O pobre tinha perdido a fé e a memória das coisas, menos do tempo das sementeiras e das colheitas. Contava as luas, sabia de cor o calendário. Não atinava com os nomes dos netos nem da criançada. Confundia todos: já nem sabia o número dos filhos nem a graça da sua defunta mulher, que o fora por longuíssimos anos, nem mesmo saberia responder pelo seu nome — Samuel, que lhe valera o doce apelido de Samé; contudo, aconselhava do seu canto quando se devia cortar a mandioca, bater o arroz, colher o feijão ou a batata, e o seu aviso era ouvido como de sábio, seguido como de Deus!

Inda assim, se morria alguma criança em casa, a mãe, desesperada, ressumava[145] rancor contra esse velho, teimoso em viver e que bem poderia ter-se ido embora, em lugar do filhinho inocente. E nesses dias a comida era-lhe atirada como a um cão intruso, sem direito ao carinho de ninguém.

Com cem anos e cinco meses, ainda o Samé quis ajudar numa sementeira de milho. A lua era boa, grossas carradas[146] haveriam de ranger por ali, atulhadas de espigas maduras, secas, aos montões.

Os netos enchiam a roça de barulho; uma gralhada[147]! Ele media os passos, silencioso; de tempos a tempos entreabria os dedos e os grãos de milho caíam, um a um, como contas de um rosário de ouro partido por um santinho velho, das antigas lendas.

E foi andando assim, devagar, devagar, com as pernas em tesoura, os pés cada vez mais inchados, o olhar embebido no sol, que abria no fundo horizonte um enorme meio círculo vermelho.

Os netos cantavam alto, os bisnetos riam ao longe, ruidosamente; e aquela bulha era para ele como a do vento que passasse, arrastando folhas mortas, varrendo caminhos, abrindo ramadas, carregando sementes e fecundando a terra. Sorria o velhinho para o sol poente como a um amigo velho de quem se despedisse com um afago, quando os pés já dormentes lhe negaram outras passadas e ele caiu para a frente, sobre o peito chato.

145 Destilava, vertia.
146 Cargas, grande quantidade.
147 Algazarra, gritaria.

Não lhe doeu a queda; a terra estava fofa, a carne amortecida; teve uma tontura, sumiu-se-lhe tudo da lembrança; mas a pouco e pouco voltou-lhe a ação e procurou levantar-se, tateando um velho tronco negro, cavernoso, que ali estava em frente, roído de bichos, mal ligado à terra.

Tio Samé não conseguiu mover-se, mas reparou que irrompia daquela ruína um galhito verde e tenro, macio ao tato, doce à vista, e quedou-se a olhá-lo espantado, com a boca aberta, a baba em fio, as falripas brancas caídas sobre as largas orelhas.

Julgara aquela árvore morta havia muito, num relance fugitivo invejou as coisas que duram longo tempo, ou que não morrem nunca, como aquele sol vermelho sempre quente e aquele tronco que nas suas fibras despedaçadas ainda encontrava seiva para novas gerações! E o tio Samé beijou a terra, o seu único amor verdadeiro, beijou-a uma, duas, muitas vezes, com os braços abertos, as unhas fincadas no chão.

— Bisavô morreu! — gritaram de longe; e vieram buscá-lo ao colo, como a uma criança.

Levaram-no para dentro, afirmando que ele estava no fim. Uma neta fez-lhe a cama de limpo, outra vasou-lhe o caldo pela boca, alagando-lhe o peito, com impaciência. A nora acendeu o oratório e baixou da parede o crucifixo de ébano.

Samé passeava os seus olhinhos de cem anos por tudo, como a perguntar — para quê?

Estavam feitos os preparativos para a morte.

Quando ela entrasse encontraria chamas de velas, toalhas de crivo[148], ramos de flores, imagens de santos e uma alma abençoada pelo padre, que um dos bisnetos fora chamar à pressa.

O padre veio e, perguntando ao Samuel pelos seus pecados, ouviu em resposta que as sementes germinariam depressa, porque a terra estava úmida e o sol ardente...

Riram-se uns, sorriram outros. O padre afastou-os e tornando à cabeceira do velhinho, disse-lhe:

— Todo o homem vive sujeito à tentação do inimigo; confessa sem pejo[149] os teus pecados!

148 Vazadas, como peneiras.
149 Vergonha, acanhamento.

Samuel respondeu, sorrindo, que a lua ia ser propícia: os pescadores fariam boas pescas, os agricultores ótimas colheitas. A estação seria favorável aos pobres.

Caíu a absolvição sobre a cabeça branca do velho.

Filhos e netos rezaram uma ladainha arrastada e tristonha. Samé ouvia aquele ruído sem determinar-lhe o sentido, como se fora o de vento passando à noite fora das portas de sua casinha rústica. Depois da ladainha a ceia, depois da ceia o sono, todos adormeceram; só o tio Samé ficou abrindo para a lamparina os seus olhinhos de cem anos e foi assim que ele viu uma sombra esguia, longa, desenrolar-se das traves do teto e descer devagar, devagar, pela parede fronteira, sem barulho, com a cautela de um assassino...

Tio Samé tremeu. Uma das netas dormia ali mesmo, no chão, com o seio nu, os braços nus, o queixo erguido, a garganta bem iluminada. A cobra desceu e sumiu-se entre os lençóis, sem nem mesmo fazer rumor na esteira... Samé abanava os braços, mudo, inerte e espavorido[150], até que a rapariga, sacudida por uma convulsão tremenda, gritou alto, e o réptil fugiu, cascalhando, pela parede acima...

Na manhã seguinte morria a neta do velho Samé; mas ele ficou ainda, movendo os dedos trêmulos sobre o lençol branco, no gesto de semear a terra e aproveitar a boa lua...

150 Aterrorizado, amedrontado.

ESPERANDO...

— Fecha aquela janela que deita para a rua... assim; abaixa o *store*[151]... agora abre as duas do jardim.

— Está bem?

— Está bem. Vai arranjar-te; põe o avental branco bordado, que eu te fiz, e vê lá se levantas esse cabelo da testa; gosto das testas nuas!

A criada saiu. A dona da casa, moça, gentil, alegre, começou a dar uns retoques na mesa, cantarolando na sua meia voz de soprano, um romance novo. Agora punha ao lado da mesa o canário favorito sobre uma *corbeille*[152] de flores naturais, daí a pouco temperava a salada, escolhendo com as pontas dos dedos, muito delicadamente, as folhinhas mais tenras; revistava as garrafas de cristal, os talheres, os pratos, escondia dentro do guardanapo do marido uma hastezinha mimosa de avenca, onde espetara um cartão com esta palavra: — "Adoro-te!" Modificava, sob o musgo fresco da fruteira, a posição das uvas e dos pêssegos vermelhos, mudava para outro lado o galheteiro[153]; alisava as coberturas das cadeiras, descia ainda mais o *store* de cretone branco, e, debruçando-se das janelas do jardim, puxava para dentro os galhos floridos das trepadeiras. De-

151 Traduzido do inglês: cortina.
152 Traduzido do francês: cesta.
153 Utensílio onde se colocam os recipientes de sal e de pimenta.

pois, relanceou por toda a sala os seus olhos vivos de burguezinha feliz. Notou que um quadro estava ligeiramente inclinado para a esquerda e deu pela ausência da geleira sobre a *étajère*[154].

Correu a reparar as duas faltas e saiu. Foi à cozinha.

— Então, André, a sopa está boa?... E o peixe... deixa-me ver o peixe...

E, avançando o narizinho arrebitado, ela cheirava as panelas, fazendo os seus comentários.

— Olha, ó André, o *roast-beef*[155] não me parece bom...

O cozinheiro franziu a testa, indignado; ela continuava:

— Ora! As ervilhas estão com *bispo*[156]; logo as ervilhas, de que Luiz gosta tanto!

— Perdão, minha senhora, as ervilhas não estão queimadas!

— Não estão queimadas! E que cheiro é este?

— É mesmo o cheiro das ervilhas.

— Onde viu você ervilhas com cheiro a fumo?

— Prove-as, minha ama.

Para convencer-se, ela provou as ervilhas; achando-as deliciosas, murmurou disfarçadamente: está bom, está bom... e os bolinhos, fez?

— Esqueci-me: também há tanta coisa!...

Foram novos ralhos[157]; mas, afinal, certa de que o jantar agradaria ao marido, ao seu amado Luiz, com quem se casara havia apenas um ano, ela voltou para dentro.

Foi pedir conselhos ao seu *psyché*[158]. Estava pálida. "Isto há de ser", pensou, "por causa das fitas verdes."

Trocou-as por fitas azuis... estudou-se: continuava feia... "Bem! Agora, fitas cor de rosa... hão de me ir melhor..." Mas as fitas cor de rosa desagradaram-lhe tanto como as azuis e as verdes. Lembrou-se do colar de coral. Os colares de coral passaram de moda... mas que importa! São bonitos! Atou sobre o pescoço alvo e roliço um fio de coral, abriu um pouco mais o vestido, e afogou entre as rendas do peito a flor cor de sangue de uma orquídea nova.

154 Traduzido do francês: prateleira.
155 Rosbife.
156 Esturro, estado de queimado dos alimentos.
157 Reprimendas.
158 Psique. Conceito grego que abrange as ideias de alma, ego, mente e espírito.

"São quase seis horas! Luiz não tarda! Vou esperá-lo ao piano!" Tocou várias peças, ora um idílio, ora uma sonatina; mas, impaciente, descaiu a dedilhar polcas e valsas.

De vez em quando levantava-se, ia à janela. Viu passar um vizinho, o Ramos, carregado de embrulhos, e calculou: "A mulher do Ramos é mais feliz do que eu... ele tem mais pressa de a ver do que Luiz de me ver a mim!..."

Após o Ramos, passou um velho gordo, que vinha habitualmente depois do marido, logo no bonde imediato; viam-no quase sempre passar através das grades do jardim, onde ela descia para receber Luiz.

O relógio marcava já seis e um quarto! Ela não voltou para o piano; instalou-se na janela. Começou a sentir fome; a impaciência cresceu.

Parecia que iria devorar todo a *roast-beef*! "Decididamente, Luiz", supunha ela, "teve algum negócio grave a prendê-lo até mais tarde... aposto em como vem naquele bonde..." Mas o bonde passou. "Vamos a ver! Se o primeiro carro que passar for tílburi[159], é porque ele vem antes das seis e meia; se for *coupé,* é porque só vem às sete." O primeiro carro a passar foi uma caleça[160]. Às sete horas Luiz não tinha chegado. A copeira veio perguntar-lhe se podia tirar o jantar; a infeliz rapariga, em pouca harmonia com o cozinheiro, estorcia-se[161] de fome. A ama repreendeu-a: — Quando for ocasião, eu saberei mandar servi-lo! — disse. Ela já não tinha vontade de comer: passada a hora habitual, o estômago não sentia necessidade de alimento. Entretanto, continuava à janela. Eram já sete e meia! A casa do Ramos iluminava-se; apareciam vultos na sala de visitas; uma das filhas ia para o piano e ela adivinhava o Ramos, palitando os dentes, recostado no sofá, ao lado da esposa, que estava de casaco branco e saias engomadas. "São velhos, e são mais felizes do que eu", suspirava. Deram oito horas. Voltava muita gente para a cidade, de onde os bondes vinham agora quase vazios. "Por que será que Luiz não veio?", conjecturava a triste esposa. Saiu da janela, e, caindo em uma poltrona, começou a chorar.

159 Carro com duas rodas e dois assentos, puxado por um animal.
160 Carruagem com quatro rodas e dois assentos, puxada por dois cavalos.
161 Torcer com força.

Erguia-se no seu espírito uma suspeita: a infidelidade de Luiz! "Ele ama outra, ama outra com certeza! A estas horas ri-se a seu lado... logo virá com uma desculpa qualquer!" Lembrou-se de fugir para a casa da mãe; sim, lá ao menos teria companhia, carinhos, alegria! E Luiz, quando chegasse, compreenderia não ter por esposa uma mulher passiva, de quem pudesse zombar! Levantou-se, foi ao seu quarto, e, tendo vestido uma capa, ia colocar o chapéu, quando foi ferida por uma ideia horrorosa: Um desastre! — "Meu Deus!" — exclamou a pobrezinha: Luiz foi pisado por algum trem!... Aterrorizada, hirta, no meio do quarto, ela assistia a toda a cena. O marido atravessava a rua, correto, distinto, elegante... súbito, esbarra-se nele um indivíduo, cai-lhe a luneta; Luiz curva-se para erguê-la; nisto ouve gritos, é atropelado, cai, e uma enorme carroça, carregada de pedras, roda-lhe pesadamente por sobre o ventre! Apitos, agrupamento de povo, muito sangue na calçada, e o adorado Luiz é tirado em braços, esfacelado, inerte, morto!

Correu de novo à janela, debruçou-se: ninguém! A rua estava silenciosa. Teve vontade de gritar: Luiz, Luiz!, e as lágrimas rolavam-lhe grossas pelas faces pálidas. Era a primeira vez que tal lhe acontecia; evidentemente sucedera ao esposo um desastre qualquer. Lembrou-se de ter visto no escritório, uma vez que lá fora surpreendê-lo no trabalho, um revólver sobre a secretária. Aquilo fizera-lhe impressão, a ponto de rogar ao marido que se desfizesse dessa arma tão perigosa... Quem lhe diria que não fosse esse maldito revólver que, por qualquer acaso, matasse o esposo!? Ele era distraído e míope: puxando uns papéis, tateando a mesa, à procura de algum objeto, poderia bater no gatilho e a bala ter partido!

A cada carro que se aproximava ela estremecia: "É ele, vêm-no trazer desfigurado... moribundo... Ó meu Luiz! Meu Luiz!!"

Nisto, uns passos conhecidos esmagam a areia do jardim, ela levanta-se e escuta... sobem a escada, tocam de uma maneira especial a campainha; e ela, reconhecendo o sinal, dá um grito de alegria e corre para a porta, indo abraçar o esposo, comovida e trêmula!

— Que é isso, Mimi? — perguntou ele, atônito—; como estás transtornada!

— Oh! Luiz! Por que tardaste tanto?! Que susto que eu tive! Meu Deus! Deixa-me ver-te bem! Que te sucedeu?!

— Mas, filha! Não me sucedeu nada de extraordinário! Tolinha! É preciso acostumares-te!

— Acostumar-me...

— Terás muitas vezes de jantar sozinha...

— Ah!

Enquanto ele lhe expunha o motivo da sua ausência, ela via, magoada, extinguir-se o inolvidável[162] período da sua lua de mel!

Como badaladas fúnebres, soavam e ressoavam aos seus ouvidos as frases do marido:

— *É preciso acostumares-te... Terás muitas vezes de jantar sozinha!*

162 Inesquecível.

INCÓGNITA

— Ah! O senhor conheceu-a?

— De vista.

— Devia ter sido feia!

— Não; era formosa.

— Que nome tinha, sabe?

— Ignoro... Faz-me o favor do seu fogo?

— Pois não...

Houve uma pausa; e, enquanto um dos interlocutores, o que perguntava, examinava com interesse o interior do Necrotério, o outro ia acendendo muito pachorrentamente o seu cigarro.

Em frente deles, sobre o mármore branco de uma das quatro mesas, estava o cadáver de uma mulher.

A claridade frouxa de um dia de inverno entrava pela larga porta e pelas janelas, indo cair sobre o corpo seminu da infeliz, a envolvê-la, como uma grande mortalha transparente. Tudo triste, tudo cor da neve, tudo frio!

O vento entrava, cortante como uma lâmina bem afiada.

No seu nicho, sobre fundo azul, a Virgem da Piedade, sustendo nos joelhos o corpo inerte do Cristo morto, evocava, como um exemplo de profunda agonia, a sua grande dor.

— Infeliz — dizia um dos espectadores, encostado ao umbral, olhando para aquele pavoroso espectáculo, numa fixidez de animal magnetizado.

O cadáver estava inchado pela absorção da água e já manchado da gangrena. Os cabelos enovelados empastavam-se sobre as clavículas, numas madeixas pretas, curtas, ásperas, sujas de areia e de partículas de algas. Os olhos, entreabertos, pareciam, na sua névoa sinistra e glacial, feitos da água que os havia apagado e que se tivessem coagulado em dois grandes glóbulos gelatinosos e opacos. Expressão medonha, feita pelo terror da onda e pelo terror da morte!

O diálogo continuava:

— O senhor diz que ela não era feia! No entanto parece horrorosa! Como a morte transfigura... como a morte é má!

O outro sorriu-se, respondendo:

— Se estivesse, como eu, habituado a olhar para isto, já se não impressionaria assim. Vá-se embora... está pálido e não convém abusar de uma impressão nervosa.

Separaram-se. E o sujeito que conhecera a desgraçada morta, noutros tempos, em que ela era talvez alegre, jovial, risonha, ia andando despreocupadamente, a bambolear a grossa bengala de castão de prata, e a pensar no almoço do hotel, nas ostras frescas e no vinho leve. O outro, ao contrário, tremia; sentia as palmas das mãos úmidas e gélidas, como se as tivesse passado sobre a carne mole da defunta; olhava com raiva para o mar azul franjado de espuma alvinitente[163] e semeado aqui e além por umas velas brancas como asas de cisne; sentia um cheiro de cadáver e de ácido fênico em tudo, na rua, no próprio fato[164], no chapéu, no lenço, nas mãos...

Todo esse dia foi para ele de sofrimento; numa obsessão doentia, cismava continuamente nessa morta desconhecida, por quem talvez tivesse passado e a quem talvez tivesse podido socorrer ou aconselhar. A sua responsabilidade de ente humano, ofendia-se àquela revelação de padecimento sem consolo. A felicidade depende às vezes de tão pouco!

Querendo reagir, procurou em vão entreter o espírito, arejá-lo com outras ideias. Afinal, não fora por causa dele que aquela mulher se matara! Depois, não lia ele todas as manhãs, já sem abalo à força do costume, tantas notícias de crimes, tão dolorosas revelações nos

163 De cor branca e brilhante.
164 Roupa, terno.

jornais? Por que haveria agora este fato de o impressionar mais que tantos outros? Então, só porque os seus olhos tinham visto aquele corpo imundo, já a sua impassibilidade dava lugar a uma tamanha vibração de nervos?

Devia pensar em outra coisa; queria-o, mas era vão o esforço, à resistência acudia a curiosidade:

— Coitada, por que se teria matado?

Desgraças de amor, naturalmente. Uma paixão; sim, devia ter sido isso mesmo... Quando voltasse para casa passaria outra vez pelo necrotério... esperava já lá não encontrar o cadáver, sabê-lo reconhecido pela família, tirado dali, daquela exposição ignominiosa.

Àquela hora alguém choraria a seu lado, já haveria flores sobre o seu corpo imundo, e o perdão da família sobre o seu crime nefasto!

Ainda dois dias antes ela devia ter sido bonita, fresca, louçã[165]...

Naturalmente, aquele por quem ela se matou foi procurá-la, e, humilhado, arrependido, irá acompanhá-la ao cemitério, fazendo-lhe um enterro bonito e espargindo violetas sobre o seu túmulo, com saudosa ternura.

Talvez a matasse uma traição... o amante casaria... o marido amaria outra... a vergonha... o ciúme... Fosse o que fosse, ela estava morta, desfigurada, repugnante, e não lhe podia sair do pensamento, numa obstinação cruel.

E as mãos, e o fato e o lenço cheiravam a defunto e a ácido fênico!

Saiu de novo; girou pelas ruas; aqui um amigo alegre detinha-o, contando-lhe uma anedota picaresca; os outros riam, ele sorria apenas, condescendentemente, pensando nuns olhos vítreos, parados, e num corpo hirto[166] e manchado de escuro. Entrou num botequim: muita confusão; gente e música estrepitosa. Mas todas aquelas pessoas, quase todas homens, pareceram-lhe tétricas[167], sombrias, pensativas. Nem uma gargalhada! Nem um dito de espírito faiscando no ar; bulha de passos, tilintar de vidros e metais, unicamente rostos amarelados, olhos fixos no café das xícaras, e ao fundo uns músicos, vibrando os seus instrumentos com desespero, num interesse de ganho mercenário.

165 Louca.

166 Duro, retesado.

167 Pavorosas, aterradoras.

Achou estúpido aquilo e saiu.

Mas na rua, como em casa, sentia o mesmo cheiro e o mesmo desgosto. Sempre aquela mesa de mármore branca, inclinada, a Virgem no seu nicho de madeira, e o cadáver da afogada, com os olhos abertos e as algas mirradas presas no cabelo.

Entretanto o outro, que a conhecera, já nem pensava nela...

E no espírito do impressionado rapaz voltava de vez em quando a impertinente pergunta:

— Por que se mataria... por quê?...

Voltando para casa, parou de novo no necrotério.

A morta já lá não estava. Sobre a mesa que ela tinha ocupado, agora vazia, o sol punha, através dos vidros vermelhos e amarelos das janelas, umas rosas de luz cor de ouro e cor de sangue. Trouxe-lhe aquilo algum sossego, mas não se coibiu de perguntar com interesse ao guarda se a infeliz fora, enfim, reclamada pela família.

— Não, senhor — repondeu-lhe o guarda com amabilidade, ajeitando no pescoço um lenço de lã azul.

— Então ninguém a reconheceu?!

— Ninguém.

— Ninguém a procurou?

— Ninguém.

— Coitada!

O guarda espantou-se de ver brilharem de comoção os olhos daquele importuno perguntador, que no entanto ia dizendo:

— Não teve a desventurada pai, irmão ou amigo que lhe viesse dizer um último adeus! Que coisa triste...

— Ninguém — repetiu o guarda —; foi daqui para o cemitério.

— Antes a tivessem deixado no mar...

— Sim, mais valia...

O rapaz não respondeu; olhou outra vez para a mesa, onde tremulavam as rosas de sol, e seguiu.

Talvez se tivesse matado por ser sozinha. A mulher é uma eterna criança, precisa sempre que a conduzam pela mão... Sem lar, sem amor, sem amparo e sem conselhos, como poderia resistir e viver neste mundo? Faltou-lhe talvez o esposo... um amigo dedicado... talvez a mãe... um braço salvador, enfim, que a sustivesse em um outro nível.

Pobre rapariga! Fascinou-a naturalmente a cor misteriosa do oceano, ora verde, ora azul... Supôs poder dormir entre os corais e as conchas nacaradas[168], enquanto as ondas rolassem sobre o seu corpo, marulhosamente[169]!

Seria louca? É possível. Um pouco de espuma aparecendo e sumindo-se, assemelhar-se-ia a um aceno que a chamasse...

Incógnita! Passando pela terra sem deixar ninho nem vestígio, afundou-se no mar repentinamente, com todas as suas desilusões, ou, quem sabe? Com todas as suas esperanças!

Talvez que ele, ele mesmo, já a tivesse visto e beijado!

Esta ideia fê-lo estremecer. Viu fixarem-se nos seus os olhos terríveis e impenetráveis da morta, nublados de cinzento, a cor sombria e muda.

Interrogou as suas reminiscências. E a voz do guarda pareceu dizer-lhe de novo, ao ouvido:

— Ninguém...

No caminho percorrido da sua vida, não a vira nunca. Antes assim! E ele respirou.

Por que se obstinava em pensar nela? Que estranho poder era esse, prendendo-o de tal forma a uma desconhecida? Vira-a pela primeira vez já morta, já putrefata[170] e asquerosa[171]. Acabou-se; a vida é bem pouca coisa para que a gente se ocupe tanto dela!...

Entrando em casa, a esposa correu a recebê-lo com a filhinha; ele beijou-as com ternura, demoradamente, sentindo como nunca a alegria inefável[172] de proteger alguém.

Depois contou-lhes tudo, a sua dolorosa impressão, diante da mesa inclinada do necrotério, onde um cadáver de mulher mostrava o rosto amarelo e os cabelos ásperos, sujos de areia e de algas secas.

Acabada a narração, a esposa tinha os olhos rasos d'água, e a vozinha débil da filha murmurava:

— Logo à noite, mamãe há de me fazer rezar pela afogada, sim?

168 De coloração rosada.
169 Ruído da agitação do mar.
170 Apodrecida.
171 Nojenta.
172 Indescritível, inebriante, que causa enorme prazer.

A ALMA DAS FLORES

A Lúcio de Mendonça[173]

— Em ótima ocasião vieste, Adolfo — exclamou o Sales, vendo-me ao portão do seu jardim—; tenho agora uma esplêndida coleção de rosas. Entra.

De fato, as roseiras estavam com uma deliciosa carga de flores: umas brancas como a neve, outras amarelas, outras rosadas, outras cor de sangue, rajadas, lisas, crespas, folhudas, simples; de todos os tamanhos, de todas as cores e de todos os feitios, elas bailavam à doce viração da manhã, sacudindo entre a folhagem escura as cristalinas gotinhas d'água, com que, ou o regador do jardineiro ou o orvalho da noite, as tinha pulverizado.

— Encantador! Realmente! - disse eu, sentando-me num banco, enquanto o Sales ia e vinha, explicando a origem desta rosa, a história complicada daquela outra, o romance de amor ligado a uma assim e assim, o trabalho que tal floricultor tivera para conseguir uma rosa tão perfeita como era a que eu via junto a mim, na haste curva de uma roseira sem espinhos.

173 Lúcio de Mendonça (1854-1909) foi um advogado e escritor brasileiro, nascido em Piraí, no Estado do Rio de Janeiro, sendo um dos membros fundadores da Academia Brasileira de Letras, junto com Machado de Assis, que prefacia o seu livro de poemas "Névoas Matutinas". Da sua obra destaca-se também o romance "O Marido da Adúltera".

O Sales dizia de cor tudo aquilo, mais de quatrocentos nomes, um catálogo vivo, que ele desfiava muito ufano[174].

— No Rio já há gosto! — repetia ele de vez em quando, impando[175] de orgulho em frente às suas formosíssimas flores.

Eu ouvia-o, sentindo-me bem ali, embebido naquele doce aroma e com tal espetáculo diante dos olhos.

De repente, enquanto o Sales externava os seus conhecimentos de jardineiro apaixonado, eu vi, em um extenso gramado verde, aveludado, que havia junto ao lago, aparecerem, como por encanto, umas vinte raparigas formosíssimas, pés descalços, túnicas rosadas mal seguras nos ombros, erguidas de um lado, deixando ver a perna torneada e roliça, cabelos negros suspensos na nuca por travessas de ouro, olhos negros também, cheios de alegria e de malícia, dentes brancos resplandecentes, sorriso aberto, faces frescas como a aurora!

Elas dançavam em rondas, mãos dadas, beijando-se, aparecendo ora aqui ora ali, sempre alegres e saltitantes.

O Sales continuava a descrever a astúcia de um tal floricultor inglês, que roubara a um belga um importante segredo da esquisita formação de uma nova rosa:

— Biltre[176]! - clamava ele, vermelho de cólera.

Nesse momento, uma das raparigas, destacando-se do grupo, correu para mim e deu-me ingenuamente um beijo no pescoço; voltei-me rápido e vi que me roçava no ombro a tal rosa muito perfeita, inclinada da haste de uma roseira sem espinhos.

O Sales convidou-me para o almoço e eu segui-o, julgando que aquela esplêndida visão me havia de acompanhar; mas na sala, em frente às costeletas de carneiro e dos bifes, nada mais vi.

Passou-se algum tempo. Um dia o Sales, entrando-me pelo escritório, exclamou:

— Homem! Consegui ter aqui, no Rio, cravos tão belos como os de S. Paulo; se quiseres vê-los, vai amanhã cedo ao meu jardim.

Fui. Sentei-me no mesmo banco; o Sales começou a fazer a história dos cravos; falou-me de um amigo seu da província, que che-

174 Orgulhoso.
175 Arquejando, ofegando.
176 Canalha, infame, que age de forma vil.

gara a obter cento e tantas qualidades deles! Narrou a propósito uma viagem e meia dúzia de anedotas; eu escutava-o, procurando no extenso gramado as vinte raparigas da manhã das rosas; mas não as encontrava! Olhando sempre, principiei a divisar, ao longe, umas pontas de lanças douradas, uns capacetes de cintilações metálicas e uns penachos flutuantes, de cores vistosas.

Era um exército de cavalaria que subia uma encosta?...

Eram uns comparsas de teatro, ensaiando-se para o espetáculo? Eu ia definir a coisa, quando o Sales disse:

—Vem cá! Vou mostrar-te uma parede da minha horta, que está literalmente coberta de madressilva; aquilo é uma flor vulgar, mas é bonita... anda daí.

Entramos na horta.

Borboletinhas cor de palha voavam por sobre as couves; havia um ar ingênuo em tudo aquilo. Chegando em frente ao tal muro, fiquei atônito! Como uma cascata de flores, amarelas, rosadas e brancas, os cachos da madressilva pendiam de entre a folhagem; zumbiam-lhe as vespas em torno; e o Sales explicou:

— Esta trepadeira fornece muito mel às abelhas... Que cheiro agradável... hein?

Já então umas mãozinhas curtas e gordas afastavam a folhagem, e eu vi a cara redonda e graciosa de uma moça surgir detrás da verdura, olhar para a direita e para a esquerda, estender o pescoço roliço, mostrar o busto coberto por uma camisa de linho e um colete de veludo negro, de aldeã.

Logo depois veio de fora um camponês, vestuário galante, rapaz altivo e alegre; e ela, debruçando-se na folhagem, como quem se debruça à janela, sorriu, mostrando as covinhas das faces, e os seus lábios encontraram-se com os do campônio, num longo beijo de amor.

As abelhas zumbiam, e a camponesa enfeitava de flores o chapéu de feltro cinzento do namorado. E agora já não eram só eles! Em vários pontos do muro, camponeses e camponesas segredavam, abraçando-se; uma delas chegou a ter a ousadia de saltar para fora, e mostrou assim as suas meias em riscas e a saia vermelha barrada de preto; o noivo aparou-a nos braços, e lá se foram os dois saltando por sobre as ervas, e rindo às gargalhadas!

O Sales convidou-me a ir ao pomar.

—Tenho lá uma magnólia esplêndida. Eu sou tão doido por flores, que as planto em toda a parte! — dizia-me ele, dando-me o braço.

O pomar era pequeno, mas tratado com muito capricho; tinha de notável uma mangueira de enormes dimensões, e já não me lembra que variedades de frutas. A magnólia lá estava, com as suas grandes flores pálidas emergindo da rama escura da árvore.

Rodeando uma jaqueira vizinha, havia um banco de pau. Sentamo-nos um pouco. O Sales começou a ferir-lhe o tronco com o canivete. Estávamos silenciosos, e eu meditava na estranheza das minhas visões em casa do meu amigo, quando vi, positivamente vi, uma encantadora mulher, já na segunda mocidade, mas, apesar disso, linda, arrastando-se de joelhos, com os cabelos em desalinho, os olhos castanhos cheios de paixão, os lábios trêmulos, o vestido a envolvê-la numas rendas sombrias, pespontadas por uns pequenos raios de ouro, as mãos erguidas suplicemente. Transbordava de tal maneira a paixão do seu olhar, havia tal contenção de amor no seu peito, que me chegou a ser doloroso vê-la assim! Com quem falava? A quem dizia tom tanta veemência o *amo-te* sagrado? Não sei: o peito arquejava-lhe, saltavam lágrimas grossas dos seus olhos, e espalhava-se-lhe pela fisionomia uma palidez de luar... Fiquei muito nervoso e despedi-me do Sales.

Meses depois tive de lá voltar a instâncias dele, para ver uma pequena coleção de lírios. Estivemos perto do lago, vendo os lírios d'água, cor de marfim e aromáticos; a nosso lado havia dos outros, cor de violeta e dos brancos, muito poéticos.

O Sales nunca oferecia as flores do seu jardim; era zeloso em excesso, e pôs-se a contar-me a razão disso. Entretanto, eu via através de umas névoas uns vultos indistintos, tocando em liras e em harpas de prata. Era um quadro vago, branco, nublado, aéreo.

Saí e jurei nunca mais voltar à casa do meu amigo, para não correr o risco de ficar doido!

Tive por esse tempo de mudar-me. Fui habitar o primeiro andar de uma casa de pensão. Pela janela de sacada do meu quarto eu via o quintal da minha senhoria, uma boa burguesa econômica, que em vez de jardim, tinha um coradouro para a roupa lavada, e, a um canto, um único canteiro para tomates e salsa. Havia, porém, na vizinhança, um quintalito de iguais dimensões, mas onde a dona, igualmente prática, mas de sentimentos mais tocados por uns laivos de poesia, plantara, além da grama para o coradouro, e da salsa para a panela, um canteirinho de angélicas, que estavam então em flor.

No verão tive sempre por hábito ir fumar um cigarro à janela, antes de me deitar. Puxei a minha poltrona para a sacada, na primeira noite da estada na minha nova habitação, e pus-me a cogitar em um negócio sério, quando de súbito vi uma coluna singular, movediça, que se alava para o firmamento infinitamente azul e infinitamente calmo! A pouco e pouco fui distinguindo formas humanas, figuras quase apagadas de mulheres, como se aquela coluna fosse a bíblica escada de Jacó[177], por onde as recatadas virgens iam subindo ao céu! A proporção que eu as fixava, ia as divisando melhor, até que as vi distintamente!

Eram todas alvas, eram todas loiras; os cabelos flutuavam-lhes em grandes ondas flexíveis, levavam os braços erguidos e nas pontas dos dedos das mãos, juntas acima da cabeça, uma pequena açucena, onde iria talvez a essência divina da maior dor da terra!

Dos seus olhos azuis, úmidos de pranto, caía o orvalho para as ervas, e elas subiam, sucediam-se, sempre formosas, sempre loiras, sempre a erguerem acima da cabeça a pequena açucena cor de leite!

Aquele quadro tinha uma magia estranha, de que eu não me podia desprender! Ficava horas inteiras a contemplá-lo, até que, cansado, adormecia. O criado fechava com estrondo a janela e eu ia tonto para a cama.

Esta cena repetiu-se por umas cinco ou seis noites. Apesar do meu protesto, apresentei-me no fim de alguns dias em casa do Sales.

Levando-me através do jardim, ele mostrou-me de passagem umas camélias brancas. Eu olhei detidamente para essas bonitas flores, que me pareciam, na sua mudez, pequenas virgens mortas: nada me feriu nem abalou a imaginação. "Bem!", calculei eu, "agora as minhas visões só vêm à noite!"

Mas exatamente nessa noite, debalde esperei a coluna humana, que subia da terra a perder-se nas constelações da Via Láctea! Em vão olhei para o espaço vazio, azul, iluminado pela luz da lua; no

177 A escada de Jacó, na Bíblia, era o meio utilizado pelos anjos para subirem e descerem do céu.

céu acinzentado luziam as estrelas como pequeninos pontos de ouro; mais nada!

Por que não viriam? Onde estariam elas, as encantadoras filhas da noite? Cansado de procurá-las no espaço, debrucei-me da janela para procurá-las na terra. Tudo silencioso! Tudo como na véspera... unicamente, do canteiro do quintal vizinho tinham desaparecido as angélicas brancas...

Só então percebi que via o que os outros sentem — o aroma!

ONDAS DE OURO

Sim, era preciso acabar a tarefa antes da noite... o caixeiro já lhe dissera três vezes da parte do patrão:

— Olhe, Sr. Mendonça, as trancas foram encomendadas para hoje às seis horas, sem

falta, e daqui a nada estão por aí a buscá-las...

Ele, o Sr. Mendonça, levantava os olhos, abanava afirmativamente a cabeça calva e, sempre calado, baixava de novo os olhos pequeninos e secos para o trabalho. O caixeiro descia rápido a escada de caracol, para a loja, e o oficial lá ficava no primeiro andar, separando com os dedos, engelhados pela velhice e amarelecidos pelo fumo, umas madeixas muito loiras, muito sedosas, muito flexíveis, que lhe caíam sobre o peito e os joelhos numa cascata luminosa e ondeante. Aquele ouro fulvo[178] tocado pela réstea do sol da janela, aquela massa de cabelos finos, agitados pela viração, entoava num grande reverbero metálico a sinfonia triunfal da luz.

O velho, mal vestido, com o colarinho amarrotado e o casaco luzente nas costuras, parecia um nababo[179] avarento, sumindo os dedos gostosamente naquele tesouro opulento e flácido. Não qui-

178 Alaranjado.

179 Referência aos príncipes da Índia entre os séculos XVI e XIX, que ostentavam riqueza.

sera que o auxiliassem; irritou-se contra um aprendiz por se ter oferecido com insistência. Nada! Aquilo era coisa sagrada; nenhuma pessoa lhe tocaria sem profanação. E os companheiros sorriam atônitos, vendo o Sr. Mendonça, geralmente desleixado, escovar muito e polir as unhas, perfumando as mãos, antes de começar o seu querido trabalho.

A pouco e pouco foram-no deixando; vendo-se só, o velho beijou repetidas vezes a trança loira, assim como um crente beija uma relíquia santa. Negara-se a trabalhar na oficina, e pedira um recanto isolado, onde não levasse sumiço um único fio do precioso cabelo... Fora-lhe concedida, sem exemplo, a permissão de ir para a pequena sala da frente, alcatifada[180] e com cortinas. Ali estava só.

Nos armários de vidro, em roda, como únicas testemunhas, cofres de perfumarias, estojos para unhas, *tondeuses*[181], pompons de arminho, escovas de luxo, *palies de lièvre*[182], esponjas, águas de *toilette* enfrascadas, caixas completas de *maquillage*[183], cosméticos, elixires, óleos e sabonetes arrumados em caixinhas de três, com rótulos coloridos e brilhantes, ou separados e envoltos em papéis prateados, azuis, ou cor de gravanço[184].

Entre aquela variedade infinita de aromas e de tons, aqui e ali, rumas[185] de pentes de todos os feitios, da mais fina tartaruga ao mais negro búfalo, do melhor marfim ao mais grosseiro osso. Pendentes e cuidadosamente alisadas, tranças negras, castanhas, loiras, grisalhas, restos de uma multidão incógnita, destroçada, perdida na noite escura da miséria, na podridão da vala comum, nas enfermarias dos hospitais, ou nas células das penitenciárias.

De espaço a espaço, sobre cabeças de pau, um chinó preto, reluzente, e caricatamente garrido[186], ou umas cuias de arame muito fino, cobertas de caracóis alvos, jeitosos e macios.

180 Atapetada.
181 Traduzido do francês: cortadores de unha.
182 Traduzido do francês: patas de lebre.
183 Traduzido do francês: maquiagem.
184 Grão-de-bico.
185 Pilhas.
186 Elegante.

A envolver tudo isto, o enervante cheiro do heliotropo branco, ou os suavíssimos e esquisitos aromas do *Musk* ou do *Psidium*.

No relógio de metal bronzeado, sobre o dunquerque[187], em frente ao espelho, os ponteiros giravam, giravam implacavelmente para o pobre Mendonça, que supunha, talvez, ter entre os dedos não uma pobre cabeleira loira, desfeita, mas o próprio sol, eternamente irradiante e puro.

Antes que subisse o quarto recado do patrão, beijou o velho muitas vezes aqueles fios d'ouro; e, acabado o trabalho, fingia ainda ocupar-se dele, temendo a angústia da separação.

Era o único vestígio da sua adorada Angelina, morta havia um mês, um anjo de docilidade e de meiguice, que suportara sorrindo a cruz da sua pobreza, sempre consoladora, sempre resignada. Levara-a a tísica[188], a mesma moléstia que arrebatara a mulher e os outros dois filhos mais velhos! Tinha-lhe ficado aquela só, e nela concentrara todo o seu carinho; e um dia, que triste dia de verão fora esse! O médico da Policlínica dissera-lhe: "A sua menina está mal... alivie-a do peso dos cabelos, mande-a tomar ares num arrabalde... leve-a imediatamente para fora." E ele, estrangulado de angústia, empenhara tudo, relógio de prata, corrente, joiazinhas de família, uma cômoda antiga. Apurado o dinheiro, transportou para Santa Tereza a sua doentinha; mas Angelina piorou de tal sorte, que no fim de um mês teve de torná-la à cidade; aí durou pouco. E o velho, acariciando os cabelos loiros, lembrava-se daquelas horas negras: a pequena, muito desfigurada, estendida no leitozinho estreito, enquanto ele piedosamente enxotava com o lenço branco as moscas que a assaltavam. Foi então, horrorizado com a ideia de entregar à vala aquele corpo idealmente puro, sonhando como uma felicidade comprar para o seu branco lírio um canteiro separado de todos mais, que ele se lembrou, como único recurso, de ir vender as tranças loiras da filha, guardadas havia muitos dias, desde a consulta da Policlínica.

Antes isso... separar-se-ia desse amado despojo, mas a sua casta, a sua angélica, a sua imaculada filha, teria um canteirinho condigno!

187 Armário com prateleiras e portas envidraçadas.
188 Tuberculose.

E, como um negociante banal, foi fazer o preço, propor o negócio e ao mesmo tempo contratar a obra! Tudo assentado, fizeram-se as cerimônias do ritual, e ele acompanhou serenamente a filha ao cemitério...

***

Eram cinco horas. Subira o quinto recado do patrão. A réstea de sol já não entrava pela janela. Embaixo, nas calçadas da rua, muita bulha de passos e um rumor alto de vozes. Mendonça tinha concluído a obra. Pela escada de caracol ouviu uns passos de homem e outros leves, rápidos, evidentemente de mulher; depois um ruge-ruge de vestido de seda, e umas gargalhadinhas em falsete[189].

— Pronta a encomenda, Sr. Mendonça? — perguntou, num acentuado sotaque francês, o dono da casa.

O velho quis responder ao patrão, mas não pôde; ergueu a trança, e delicadamente pô-la sobre a alcatifa[190] do balcão.

Tirando à pressa as luvas altas, num gesto petulante, a recém-chegada estendeu as mãos alvas, carregadas de anéis caros, para o cabelo tão carinhosamente tratado pelo velho, e pôs-se a examiná-lo, separando com força as três madeixas da trança, cheirando-as, olhando-as de perto, de longe, e deixando-a por fim cair sem caridade sobre o veludo escuro de um sofá.

Mendonça estremeceu; imaginara ingenuamente que os cabelos da filha iriam adornar a cabeça de uma virgem, que se engrinaldasse[191] de rosas frescas, e tivesse com eles todo o desvelo[192] de uma menina educada. Vendo em frente aquela mulher arrogante e brutal, atirá-los sem cuidado sobre o traste mais próximo, mordeu os beiços e amparou-se ao balcão. O suor corria-lhe pela calva, as mãos crispavam-se-lhe com ódio.

Diante do alto espelho, a freguesa tirava o chapéu de abas reviradas, com buquês de flores. Ele via refletido no cristal o seu

189 Tipo de registro vocal mais agudo.
190 Tapete para cobrir pavimentos.
191 Colocar como uma coroa.
192 Dedicação, zelo, grande cuidado.

vestido de seda escarlate, a *jaquette*[193] cor de café com leite, aberta na frente, com uma grande rosa vermelha na lapela; a descomunal aranha de pérola e brilhantes a luzir-lhe no peito, os pulsos cheios de braceletes; as bichas[194] de brilhantes nas orelhas, o rosto coberto de *veloutine rose*[195] sobre pastas de *cold-cream*[196]; os beiços tintos a carmim, os olhos engrandecidos, o cabelo sujo por tintas cor de cenoura, com louros claros e escuros, em manchas desiguais. Colocava no penteado a trança, que o dono da casa, muito solícito, erguera do sofá; via-se de frente, de perfil, desvanecidamente; depois, voltando-se para o francês:

— Fica-me bem esta cor, não acha?

— Oh! Perfeitamente, é de um tom belíssimo, *ravissant*[197]!

— Sim?... Vou fazer com ela esta noite um papel de fada, no Sant'Ana... Que diz, farei sensação?

E em uns requebros amaneirados, prolongou o diálogo, diante do velho Mendonça, dizendo muitas coisas fúteis, em gíria de bastidores.

O desgraçado homem olhava, olhava para os cabelos da sua pura, da sua casta, da sua imaculada filha, com os olhos rasos de lágrimas, numa grande mágoa que o abatia.

No fim de meia hora, a atriz, arranjados os frisados da testa e abotoadas as luvas, segurava o grande leque pintado, a sombrinha de cabo extravagante e alto, e descia a escada de caracol, calcando os degraus com os pés calçados em meias de seda e sapatinhos estreitos.

Mendonça ficou colado ao mesmo sítio, com os olhos fixos no mesmo ponto e o pensamento preso à mesma ideia...

Nunca mais veria os cabelos da sua Angelina, aquelas opulentas ondas de ouro, aquele precioso espólio[198]! Que sol o aqueceria então? Não tornar a vê-los! A isso não se resignava o desgraçado pai, mas... e lembrou-se do que a atriz dissera:

— Esta noite no Sant'Ana vou fazer um papel de fada...

193 Capa.

194 Fileiras.

195 Pó aveludado rosa.

196 Hidratante.

197 Traduzido do francês: Encantandor.

198 Herança.

As oito horas lá estava à porta do teatro o oficial de cabeleireiro. Era cedo e ele já tinha na algibeira o seu bilhete de galeria. Foi o primeiro a subir, e sentou-se num bom lugar, à frente. O gás muito amortecido, os camarotes e a platéia vazios, davam um aspecto taciturno[199] ao teatro. Ah! No tempo da filha não fora nunca a um espetáculo; a pequena morrera sem ter visto isso... E sentia remorsos, o Mendonça, como se ele tivesse ido agora com o propósito de se divertir! E lá, na galeria, sozinho, limpava as lágrimas que lhe corriam em fio, embebendo-se nas suas barbas brancas.

Principiava a aparecer gente, em pontos desgarrados da sala, até que uma onda grossa veio enchê-la quase de repente; o gás abriu em grandes leques a sua luz forte e a orquestra rompeu num tango alegre, vibrando no ar uns estalidos de castanholas e os sons metálicos dos pistons[200].

Erguido o pano, o velho Mendonça abriu muito os olhos, debruçando-se avidamente. Agitava-se em cena um bando de coristas, pintadas e quase nuas, esganiçando-se num coro alegre; depois, vinham as damas principais, os atores; e a plateia ria, e os aplausos ecoavam sem que o Mendonça tomasse parte em nada. Todo o primeiro ato rolou indiferentemente para ele. Durante o intervalo não se levantou; temia perder o lugar, e não ver depois bem os cabelos da filha; mas no segundo ato não entrou a fada, nem tampouco no terceiro! Mendonça sentia-se fatigado e desiludido ao começar o quarto e último ato, em que os quadros se sucediam animados e com brilhantes cenários.

Ia ele quase em meio quando, de entre umas nuvens de gaze azul celeste, salpicadas de estrelas luminosas, apareceu, em *maillot*[201] e cetim branco, com diadema[202], varinha de condão e o manto de cabelos loiros espalhado nas costas, a fada protetora da desventurada ingênua.

Era ela! Mendonça levantou-se, pôs toda a atenção naquela grande cabeleira solta, sedosa, fulgurante, resplendendo, numa prodigiosa magnificência, centelhas de ouro, refrangível[203], ondeante e vivo!

199 Melancólico, triste.
200 Êmbolos, trompetes.
201 Maiô, roupa de banho.
202 Meia coroa.
203 Que refletem.

Tantas vezes vira a sua Angelina coberta por aquelas madeixas longas! E à luz da ribalta, os virginais cabelos da filha pareciam-lhe mais formosos e mais ofuscadores ainda! Não via mais nada; nem o corpo esbelto da atriz, nem as transfigurações que ela ia produzindo com a sua magia; todo o seu espetáculo era aquela trança desatada, que lhe mandava, da falsidade do palco, num perfume de saudades, uma piedosa ilusão da vida!

Sim! Revivia um pouco a sua adorada morta, e ele batia as palmas, chorava como um doido e, em um delírio frenético, pedia *bis,* em altos gritos, vendo sumir-se a Fada entre nuvens de gaze azul celeste, salpicadas de estrelas luminosas.

Mandaram-no calar-se; ele continuou sempre, até que a polícia interveio. O velho Mendonça foi tirado à força do teatro; alguns espectadores riram; e lá dentro, a atriz, muito orgulhosa, convenceu-se de que realmente fizera sensação.

O ÚLTIMO RAIO DE LUZ

A Júlia Cortines[204]

Ainda me lembro do último raio de luz que me feriu as pupilas. Sol! Sol! Por que não te hei de esquecer?!

Era em maio. A janela do meu quarto dava para o mar, e havia uma larga moldura de rosas amarelas que a circundava toda. Eu tinha quinze anos só. O médico ia todos os dias ver os meus olhos e quedava-se longo tempo a falar com minha mãe, descrevendo-lhe o meu mal, pedindo-lhe desvelo, arregaçando-me as pálpebras, admirando a limpidez do meu olhar azul e inocente.

Eu ouvia-o falar em *amaurose*[205] com uma piedade tão comovente, que me enternecia. Qual era a minha doença? Ignorava-o eu; minha mãe compreendia-a, respondia com voz mal firme às perguntas e prescrições do doutor. Ele era moço, era formoso e era meigo; que havia de estranhável em que eu o amasse?

Amei-o; mas eu só tinha quinze anos e ele já tinha trinta! Para ele eu era uma criança apenas, uma flor mal desabrochada e triste.

204 Julia Cortines (1868-1948) foi uma das poetas mais inovadoras da literatura brasileira. Considerada por Lúcio de Mendonça, que prefaciou seu primeiro livro Versos (1894), como uma poeta moderna, sem pieguices nem derretimentos, ela fazia parte do trio que ele chamou de Três Júlias (ela, junto com Francisca Júlia e a autora deste livro, Júlia Lopes de Almeida), as três mais notáveis escritoras da época, em 1897.

205 Tradução do francês: cegueira total ou parcial.

Sorria-me com a doçura que os desgraçados inspiram, eu bebia-lhe a voz com a sofreguidão indefinida que o primeiro amor dá! Para mim, ele era tudo! Tremia com o vê-lo e senti-lo ao meu lado, o coração batia-me com força, as fontes latejavam-me, um desmaio de ventura percorria as minhas veias, ia no meu sangue; era o meu sangue mesmo, girando dentro da minha carne fresca, rosada e pura, ora impetuoso, ora brando, que me sobressaltava, avermelhando-me as faces, ou me enlanguecia, matando-me de gozo. Quinze anos! Oh, meus quinze anos! Quão longe estais! Quando passo as mãos pelos meus cabelos, que devem estar brancos, e os dedos encontram no meu rosto as rugas da velhice, treme-me no peito uma saudade daquele tempo de primavera, e sinto as lágrimas rolarem-me pelas faces. Só para chorar não morreram os meus olhos, bendito seja Deus!

Um dia o médico tapou-me a vista com um lenço escuro. Senti-lhe as mãos emaranhadas no meu cabelo loiro, e a sua voz clara e sonora dizer-me junto ao ouvido:

— Conserve-se assim alguns dias; não retire esse lenço sem meu consentimento... do contrário ficará cega... cega, ouviu? Promete-me obediência?

Prometer-lhe obediência foi para mim uma felicidade. Obedecer ao homem que ama, é para a mulher um gozo esquisito, terno e perfeito. Acenei-lhe que sim. Passei alguns dias imóvel; mãos cruzadas no colo, como uma figura de santa paciente, feliz na sua resignação!

Ao redor de mim tumultuava a casa. As crianças corriam, chamavam-me, diziam que o tempo estava formoso, que havia novas flores na minha roseira; que a mamãe fizera outro manto para a imagem do meu oratório... As criadas vinham contar proezas dos meus animais favoritos; minha mãe, tão discreta, essa mesma deixava-se levar no entusiasmo de quem vê, e volta e meia tinha uma exclamação de espanto ou de alegria que me impeliam a arrancar o lenço para ver também.

As mãos, porém, não se descruzavam; o sacrifício feito para obedecer-lhe tornava a obediência mais querida ao meu coração. Eu supunha que ele conheceria, perceberia, apalparia, por assim dizer, todas aquelas atribulações, todos aqueles sentimentos que se agitavam dentro de mim. Eu devia ser como um cristal, e cuidava sê-lo aos olhos do meu médico! De todas as pessoas da família, minha irmã mais velha era a mais doce. Ao pé de mim não gabava as belezas que os seus olhos vissem; acariciava-me como a uma pomba cansada, a quem se teme magoar as asas. Pobre de minha irmã! Com a falta de vista fui apurando o ouvido, de tal sorte que o mínimo som chegava até mim perfeitamente limpo. Uma agulha que caísse no chão, uma palavra mal segredada, um suspiro retido a meio, um sopro, um voar de asas finas do mais pequenino inseto, constituíam o meu drama, todo o meu mundo visível, porque enfim eu via pelo ouvido, pelo ouvido reconstruía imaginariamente todas as cenas! Chegava a adivinhar a intenção das pessoas, a maneira de ocultarem sob palavras brandas e quase indiferentes a admiração que algum objeto lhes causasse; a recusa íntima de coisas que os lábios consentiam, ou o consentimento de outras que o espírito recusava!

Principiei a conhecer que toda a gente mentia mais ou menos em minha casa, e que o exemplo vinha desde minha mãe e de meu pai. Não era só a mentira grosseira, áspera, rude, vulgar; o que eu percebia, ia mais longe: sentia a mais tênue, a mais fina, a mais vaporosa sombra de falsidade. Tristes momentos em que a cegueira nos descortina segredos, que desejaríamos ignorar toda a vida! Para eu não ser má, valia-me a paixão pelo médico. O amor abria-me a alma, enchia-me o coração de bençãos, e para cada defeito que eu descobrisse na voz de alguém, tinha um perdão no meu seio!

Um dia, não se puderam calar e entoaram todos louvores ao sol.

— Há muito que não faz um tempo assim! — exclamava um.

— Dá vontade à gente de passear! — dizia outra, rindo.

Eu sentia o calor brando e doce do sol de maio, e as minhas narinas dilatavam-se ao aroma das rosas francamente abertas. Voavam andorinhas perto das janelas, e o flu-flu das asas soava no ar deliciosamente. Alguém passava na praia cantando uma cançoneta alegre, e as crianças riam alto na varanda, correndo atrás do meu cão predileto.

Oh, se eu pudesse correr ao sol! Colher flores para o meu amado, cantar as canções felizes que a vista do mar me inspirasse, como seria bom, como seria bom! E as mãos apertavam-se mais, com medo de desobedecer ao meu senhor, ao dono do meu destino, do meu terno coração de quinze anos, todo primavera, todo amor, todo esperança.

Comecei a rezar baixo, mentalmente mesmo, pedindo à virgem, minha patrona, que desse saúde aos meus olhos cansados da escuridão. Tive de interromper a minha prece... No jardim havia um sussurro brando que me fez estremecer. Ergui-me e fui, tateando, à janela. Vi todas as flores, nos seus perfumes, o calor ameigou-me a pele, o mar rolou uma queixa doce aos meus ouvidos; as mãos trêmulas desligaram-se-me: ouvi então a voz do meu médico falando de amor a minha irmã...

Uma ilusão! Sim! Era uma ilusão tudo aquilo; e, para convencer-me, eu, desgraçada, arranquei dos olhos o lenço escuro. O sol! Só vi o sol... mais nada! O sol furioso, dardejante, afogueando tudo, mar, céu, terra, plantas, como brasa ardente e cáustica a rebrilhar em toda a natureza, tingindo de ouro vivo as cores mais delicadas, ferindo de morte os meus pobres olhos de virgem apaixonada...

***

Agora, quando os filhos de minha irmã me perguntam qual foi a última impressão que tive pelo olhar, mal lhes respondo e quedo-me a rever-me nos meus quinze anos, sentindo que, ao menos para chorar, ainda vivem os meus olhos, louvado seja Deus!

A MORTE DA VELHA
A Presciliana Duarte de Almeida[206]

Cabelos brancos, finos, em bandós[207]; rosto redondo, amolecido, sulcado por muitas linhas fundas; olhos azuis, caridosos e transparentes como as pupilas das crianças; corpo pesado, grosso, baixo e curvado; pés e mãos inchados, pernas paralíticas — tal era a velhinha cuja vida deslizara entre sacrifícios, que ela, na sua crença de religiosa, espera ver transformados em flores no céu!

Muito surda, mas extraordinariamente bondosa e ativa, ela não parava de trabalhar, na sua grande cadeira de rodas, recortando papéis para as confeitarias. Os recursos eram minguados: o irmão, desde que se mudara para aquele sobrado da rua do Hospício, não lhe dava vintém, e ainda se queixava de ter de sustentar tantas bocas.

Só filhas quatro, de mais a mais doentes e pouco jeitosas. Só uma bonita, a última, e essa era também a de melhor gênio, talvez por mais esperançada no futuro. Mãe não tinham, e fora a velha, tia Amanda, quem tivera com elas todo o trabalho da criação, bem como já tinha tido com o irmão. Estava afeita[208]. Afeita, mas cansada.

206 Presciliana Duarte de Almeida (1867-1944) foi uma poetisa e feminista brasileira, bisneta da poetisa Bárbara Heliodora. Escreveu em periódicos como "A Estação" e "A Semana" e publicou muitos livros de poesia, se destacando "Rumorejos" (1890), "Sombras" (1906) "Páginas Infantis" (1908) e "O Livro das Aves" (1914).

207 Cada uma das duas partes do cabelo separadas da testa à nuca.

208 Acostumada.

O irmão, empregado público, era viúvo, mal humorado e envelhecido precocemente. A esse tinha ela criado nos braços, desde os mais tenros meses; fora para ele uma segunda mãe. Quantas vezes contava às sobrinhas as travessuras do seu pequeno Luciano, que aí estava agora tristonho, achacado[209] e impertinente!

E ela gozava relatando os espisódios da meninice dele: os caprichos que lhe satisfazia para o não ver chorar, as horas que perdia do sono para o embalar nos braços, os sustos com as doenças e as quedas, e uma noite que passara em claro para fazer um traje de anjo com que Lucianinho foi à procissão do Corpo de Deus.

— Nesse tempo o vigário do Engenho...

Mas as sobrinhas interrompiam-na: queriam saber como era o vestido, esforçando-se por imaginar a figura do pai, agora tão enrugado e taciturno, com seis anos apenas e vestidinho de anjo!

A velha satisfazia-lhes a curiosidade com um sorriso de gosto: era um vestidinho salpicado de lantejoulas e guarnecido de rendas. Nada faltara ao irmão, nem a cabeleira em cachos, com o seu grande diadema cheio de pedrarias, alto na frente, em bico; nem as asas de penas brancas, entre as quais pusera um ramo de flores do campo, em tufos de filó[210]; nem as meias arrendadas, e os sapatos de cetim branco com uma roseta azul, nem as pulseiras, o colar, o lenço guarnecido de rendas, cuja extremidade ele oferecera graciosamente a outro anjo que ia a seu lado, no mesmo passo. As sobrinhas ouviam-na rindo e faziam-na repetir certas travessuras do pai, a que elas achavam muita graça, mas que lhes pareciam absurdas. Custava-lhes a crer que o pai, tão sisudo[211], tivesse feito aquilo; mas a tia afirmava-lhes tudo com segurança, mesmo diante dele, que não protestava, e elas ficavam satisfeitas, tendo com as antigas maldades do pai como que uma desculpa para as suas.

Entretanto, tia Amanda não parava de trabalhar; cosia as meias de toda a gente de casa, cortava papéis de balas para uma vizinha doceira e rendas para os pudins das confeitarias.

209 Adoentado.

210 Tecido leve de seda ou algodão como uma rede vazada, para serem usados em véus ou cortinados.

211 Sério, grave.

Ganhava pouco, e esse pouco dava-o, tão habituada estava desde moça a trabalhar para os outros.

***

A pouco e pouco a pobre velhinha foi também perdendo a memória: confundia datas, relatava atrapalhadamente os fatos; a sua tesourinha já se não movia com tanta delicadeza, as mãos tornaram-se-lhe mais pesadas, a vista enfraqueceu; os pontos nas meias já não formavam o mesmo xadrezinho chato e igual, e o serviço das confeitarias começou a escassear, até que lhe faltou completamente.

Nesse dia a pobrezinha chorou. O irmão não lhe dava nada... como poderia ela socorrer as desgraçadas que até então protegera?

No fim do mês lá foram ter com ela a viúva pobre dos sete filhos e a comadre tísica. A velha não teve coragem de lhes contar a verdade; corou... e prometeu mandar-lhes no outro dia alguma coisa. E no outro dia mandava o que a casa de penhores lhe dera pelo seu relógio antigo, e que ela tinha destinado para a primeira sobrinha que casasse.

Mas a história do relógio foi depressa sabida pela gente de casa. As filhas de Luciano contaram ao pai, indignadas, que a tia o expunha ao ridículo, mandando empenhar coisas, como se não tivesse que comer em casa! O Luciano ouviu-as, mordendo o bigode branco, com a indignação das filhas a refletir-se-lhe nos olhos. Foi imediatamente falar à irmã. Achou-a cosendo na sua cadeira de rodas, os óculos caídos sobre o nariz, a cabeça pendida.

Vendo-o, ela sorriu-se. Ele perguntou-lhe num tom azedado pelo seu mau fígado:

— Então? É verdade que você mandou empenhar o seu relógio de ouro?

— É — respondeu ela na sua costumada placidez.

— Mas eu não quero isso! Hão de pensar lá fora que não lhe dou de comer! Tome cuidado!

A velha estremeceu, e nos seus olhos azuis brilhou, fugitiva, uma expressão dolorosa.

Tome cuidado! Quantas vezes dissera ela aquelas mesmas palavras ao Lucianinho, nos velhos tempos! Dizia-as com meiguice, alisando- lhe os cabelos, ou entre dois beijos: "Olha, meu filho, toma cuidado! Não te exponhas ao sol... não comas frutas verdes! Estuda bem as lições... Toma cuidado contigo, meu amor!"

E eram quase súplicas aqueles conselhos!

E aí estava agora o Luciano a dizer-lhe colérico e brutalmente as mesmas palavras! E ela curvava a cabeça ao irmão, e obedecia--lhe, e temia-o! Ela, que o criara desde pequenino, que por causa dele perdera um casamento, que por causa dele se tinha sempre sacrificado! Era duro, mas era assim. Há sempre mais paciência para as maldades de uma criança, do que para as rabugices de um velho! Reconhecia isso e calava-se. "Luciano é doente", pensava ela, "e é por isso que me trata com tão mau humor! É doença, não é *ruindade* de coração... Se ele foi sempre tão bom! Aquilo há de passar."

No fim do mês a questão estava esquecida, e a velha recebeu a visita da comadre tísica e da viúva pobre. Não tinha um vintém, e resolvera dizer isso mesmo às suas protegidas; mas exatamente nessa ocasião, a tísica mostrou-lhe uma receita do médico, tossindo a cada palavra, com a mão espalmada no peito; e a viúva levou-lhe pela primeira vez o filho mais novo, um lindo menino de olhos azuis e de cabelos loiros.

A velha enterneceu-se e prometeu mandar no dia seguinte *alguma coisa,* tanto a uma como à outra.

Nessa mesma tarde disse ao Luciano, muito constrangida:

— Hoje vieram cá aquelas pobres... Coitadas! Custa-me tanto não lhes dar esmola... se você me pudesse emprestar... é pouca coisa, bem vê...

— Acha muito o que eu ganho? Não se lembra que mal me dá o ordenado para sustentar as quatro filhas e nós?

E como ela lhe explicasse a precária situação das duas mulheres:

— Ora, a viúva que empregue os filhos mais velhos e ponha os outros em asilos; e quanto à tísica...

— Se eu tivesse vinte anos menos, não te pediria isto, Luciano! Lembra-te bem!

Mas o Luciano não se lembrou!

Ela quis referir-se ao tempo em que o ajudava trabalhando para fora, cuidando-lhe dos filhos, indo muitas vezes para a cozinha, e deitando-se fora de horas para lhe engomar as camisas... quis referir-se, mas envergonhou-se, e disse de si para si:

— Aquilo é doença; não é *ruindade* de coração!

No entanto, o seu bom Lucianinho e as filhas comentavam entre si a caduquice[212] da velha. E, realmente, desde aquele dia, a paralítica decaíu muito; incomodava toda a gente. Era preciso levá-la ao colo para a cama, despi-la, vesti-la, lavá-la, levar-lhe a comida à boca. Ela impacientava-se quando lhe tardavam com o almoço; gritava de lá que a queriam matar à fome, que era melhor enterrarem-na de uma vez. E a criada, a quem ela dera outrora presentes, ria-se; e as sobrinhas, que ela tantas vezes carregara ao colo, levantavam os ombros, enfadadas[213]. Luciano repreendia-as, mas ia dizendo que efetivamente a irmã era insuportável!

Apesar de muitíssimo idosa, a pobre senhora tinha apego à vida; já muito confusa de ideias, completamente inerte, tinha impertinências, ralhava lá da sua cadeira de rodas com toda a gente: esta porque não lhe dava água, aquela porque lhe apertara de propósito o cós[214] da saia, aquela outra porque lhe deitava veneno na comida...

Deslizavam assim amargamente os meses, quando, um dia, uma criada, muita pálida, com os olhos esgazeados[215] e os cabelos hirtos[216], entrou aos gritos na sala de jantar, exclamando:

— Fogo! Fogo! Há fogo em casa!

Levantaram-se todos da mesa.

Por uma janela aberta entrou uma lufada de fumo; viu-se brilhar a chama. A porta estava tomada pelo fogo.

— Fujam pelo telhado! — gritou o Luciano.

E ouviam-se vozes lá fora, dizendo como um eco:

— Fujam pelo telhado!

Na sua grande cadeira de rodas, a velha presenciava aquela cena, sem se poder mover, aterrorizada e sem voz. O irmão empurrava as filhas, atava num guardanapo as joias tiradas à pressa de uma cômoda, punha na mão da criada os talheres de prata, olhava para trás, para o fogo que vinha lambendo a parede, impelido pelo vento; corria, atirava para o telhado os móveis mais leves, pressurosamente, abria e

212 Pessoa pouco lúcida, sem memória, velha, maluca.

213 Aborrecidas, cansadas.

214 Faixa reforçada da roupa, como uma cinta.

215 Inquietos, perturbados.

216 Eretos, retesados.

fechava gavetas, c saltava por fim também pela janela, para o telhado, o único meio de salvação que a Providência lhe oferecia!

A velha ficou só. Tentou mexer-se, tentou gritar: debalde.

Pior que o incêndio e que o medo, foi a impressão deixada pela fugida do irmão.

O seu espírito cansado como que se esclareceu nesse momento. E dessa vez não disse de si para si, para desculpá-lo: "Aquilo é doença, não é ruindade de coração!..."

O calor afogueava-lhe as faces, onde há muito não subia o sangue; no meio daquela solidão pavorosa, ouvindo o crepitar da madeira nuns estalidos secos, a bulha surda de uma ou de outra viga que se desmoronava, o luf-luf da chama que subia, a velha sorria com ironia, lembrando-se da precaução do Luciano em arrecadar as coisas que ela, a irmã abandonada, lhe ajudara a ganhar...

E voltou de novo o olhar para a janela; então, entre o fumo já espesso, viu desenhar-se ali uma figura de homem.

O coração bateu-lhe com alegria.

— É Luciano que se lembrou de mim!...

Era um bombeiro que lhe estendia a mão, chamando-a. A velha fez-lhe um gesto — que se retirasse!

Nisso, um rolo de fumo negro interpôs-se entre ambos, como um véu de crepe. Perderam-se de vista. O bombeiro voltou para fora, quase asfixiado.

A velha fechou os olhos e esperou a morte.

PERFIL DE PRETA
(Gilda)
A Machado de Assis[217]

Suruí[218]: sol de rachar. Às onze horas, pela estrada quente, mal sombreada por uma ou outra gameleira[219], vinha a negra Gilda da situação Fonseca, com a cesta de taquara[220] carregadinha de beijús[221], agasalhados na toalha recortada à mão por sua senhora, D. Ricarda Maria.

A pele preta não desgosta do sol; mas era tão ardente esse de dezembro, que a Gilda, suando em bica, meteu-se pelo primeiro atalho para o mato até à margem do rio. O caminho seria mais longo, paciência.

Logo que entrou na selva, regalou-se roçando as solas dos pés, queimados pela areia da estrada descoberta, nas trapoeirabas macias, onde florinhas roxas desabrochavam à sombra de caneleiras cheirosas e de cada árvore, que Deus nos acuda! Tinha o seu medo

217 Machado de Assis (1839-1908) é considerado o maior escritor da literatura brasileira. Foi contemporâneo e amigo de Júlia Lopes de Almeida e de seu marido Filinto de Almeida, idealizadores da Academia Brasileira de Letras, na qual Júlia não entrou apenas porque seguiam o modelo francês, onde não havia mulheres como membras.

218 Na língua indígena tupi-guarani, significa rio que desliza.

219 Árvore poderosa cujoas folhas são usadas no preparo da água sagrada nos rituais das religiões afro.

220 Bambu.

221 Bolo de massa de mandioca assada.

de andar por ali; sempre era mais arriscado o encontro de uma cobra que pela estrada. Mas o frescor do mato e o marulhar do rio tentavam-na. Foi andando. E tinha que andar, porque a freguesia dc São Nicolau ainda era dali a um bom quarto de légua, e depois de ter oferecido os beijús em nome da ama à sua irmã D. Luiza, teria de voltar à situação antes do pôr do sol.

Com aquele calor...

O cheiro agreste dos cambarás[222] punha tontas as borboletas cor de palha. Das altas copas dos paus d'arco caía um chuvisco de ouro, em pétalas pequeninas. Perfume e silêncio. De repente a água do rio repuxou alto; Gilda parou; nada! Cantou um jacú[223], mas calou-se logo, pressentindo gente. A água voltara à plácida correnteza, não encontrando estorvos no caminho.

Gilda retardava os passos, e já não deixava de sondar, com o olhar afeito, as águas moles. Súbito, numa clareira pequena, onde havia sol, divisou junto à margem um grande peixe dorminhoco e sossegado. A pele mosqueada[224] do animal luzia dentro da água colorida de roxo pela copa florida de um pé de quaresma, como uma espada enferrujada nos copos. A água trêmula coloria-o de lapidações de ametistas e ele dormia a sesta, de olhos abertos, ventre roçando na areia.

Gilda pousou o balaio[225] no chão, entalou a saia entre as pernas roliças, e, pé ante pé, muito devagarinho, entrou no rio, agachou-se e, zàs!, agarrou com ambas as mãos o peixe gordo, que se debateu sobressaltado, violentamente, num reboliço gorgulhador, salpicando-a toda. Sentindo-o escorregar por entre os dedos, Gilda atirou-o para uma aberta da clareira, sobre um pouco de mato carrasquento[226] de roça abandonada. O peixe arqueou-se todo em saltos, unindo o rabo à cabeça numa ondulação violenta, com ânsia de mergulhar de novo, no esforço de buscar a vida que lhe roubavam. O sol secava-lhe a pele lisa, que brilhava à luz em reflexos de ardósia e prata; os olhos

222 Arbusto que produz lindas flores.
223 Pássaro cujo canto pode significar a benevolência de Deus, mas que também é considerado como mensageiro da morte ou caçador de almas perdidas.
224 De pintas escuras, como se tivesse moscas.
225 Cesto grande de palha ou bambu.
226 Raquítico, minúsculo.

exorbitavam-se-lhe, redondos como dois globos foscos que o furor encandescia, e o corpo torcia-se-lhe ora no ar, ora no chão, descrevendo curvas, num movimento incessante, batendo na terra quente para, de um salto flexível, de acrobata doido, atirar-se de encontro a um tronco espinhento de paineira, sem se dar por vencido, no heroísmo de quem ama a vida e quer gozá-la mais.

Gilda deixava-o debater-se, deliciada com aquela agonia longa, nervosa, que observava com atenção alegre, no triunfo da sua força animal.

A tortura do peixe prolongava-se; ele era valente, resistia ao ar seco, ao sol ardente, à dureza do chão, aos embates nos espinhos que o feriam, aos atritos dos seixos escaldantes e dos tronquinhos secos do ervaçal. Pouco a pouco o cansaço ia-o amolecendo, um fio de sangue escuro corria-lhe do ventre, um arrepio enrugava-lhe o dorso e ficou por fim todo estendido, batendo só com o rabo, convulsivamente, no chão áspero. Depois nem um tremor mais; quedou-se imóvel. Gilda cuidou-o morto e acocorou-se para o ver de perto, quando, em um arranco supremo, o peixe lhe saltou por sobre a cabeça, relanceando um fulgor de aço no ar abafado e indo cair em um baque nas trapoeirabas, quase à beira do rio.

Ouviu ele ainda o som mole das águas correndo sobre areias frias, sentiu na pele queimada o frescor das ervinhas brandas, mais um impulso e mergulharia na corrente salvadora... não pôde; a carne mole não lhe obedecia à convulsão da vontade.

Gilda cortou uma taquara, lascou-a com força e, aproximando--se, varou o peixe de guelra a guelra. Ele estrebuchou languidamente. e a negra riu empunhando o bambu, como uma lança de guerra sobre um corpo inimigo.

Foi só depois de tudo consumado que a Gilda se lembrou de que tinha de entregar os beijús ainda quentinhos à irmã da sua senhora... Voltou-se; uma mosca varejeira zumbia sobre a toalhinha branca, em lampejos de metal azul. Um gesto da negra e ei-la que partiu.

Deviam ser horas de se ir encaminhando para a freguesia de S. Nicolau do Paço. Antes de prosseguir, amarrou com um cipó as taquaras em cruz, escondeu o peixe entre folhas de inhame e depois de ter marcado o sítio, recomeçou a caminhada. Foi-se embora, apanharia o peixe no regresso...

Que voltas teria dado a Gilda por aqueles morros e aquelas vargens, que só à tardinha entrou na freguesia, com a cesta de beijús, que deveria entregar quentinhos, já muito desfalcada?

Foi talvez no mandiocal de seu Neves, quando parou ouvindo as cantigas e vendo arrancar mandioca bonita, de lua nova...

Não, a maior demora deveria ter sido na casa do João Romão, deitada na esteira, no pomarzinho de tangerinas, daquelas pequeninas, que ela comia com casca e tudo.

Nesse dia não o tinha encontrado, perdera umas duas horas a esperá-lo, de papo para o ar, vendo as nuvens dos mosquitos.

Por onde andaria ele?

João Romão era vadio, cantava à viola e trazia pelo beiço toda a crioulada da redondeza. Gilda mordia-se de ciúmes sempre que o via, lá no engenho de D. Ricarda Maria, mais voltado para a Paula ou para a Norberta do que para ela. Quando o censurava por isso, ele levantava os ombros e ia dizendo que gostava de contentar toda a gente...

Pois era sol posto quando a Gilda divisou a igreja de S. Nicolau, com o seu mato de limoeiros perto, e as suas paredes brancas alvejando em uma tristeza de abandono...

Nem um badalar de sino. Voavam pombas-rolas à procura dos ninhos e crianças sujas cantavam em rondas na primeira rua da povoação. Gilda apressou o passo até a uma casa velha de janelas de peitoril.

D. Luiza andava de visita a uma comadre; a preta deixou-lhe a cesta de beijús com a cozinheira Sofia e depois de ter engolido uma caneca de café, girou sobre os calcanhares, pensando no terror da estrada pelo escuro. Bem faria se caminhasse sempre depressa, mas no canto da praça viu gente ajuntada na porta da venda e foi-se chegando curiosamente.

Falava-se do milagre. S. Nicolau, deposto do seu trono de honra no altar-mor, fora colocado irreverentemente no chão, embaixo do coro, para que ali lhe carminassem[227] à vontade o rosto desbotado e lhe assinalassem os traços já sumidos.

Deixaram-no para ali sozinho, sem lâmpada nem vigia por toda uma feia noite! Daí, que aconteceu? Na outra madruga-

227 Pintar ou tingir de carmim, magenta, vermelho vivo.

da o sacristão viu com os seus olhos carnais, que a terra havia de comer, o bom S. Nicolau do Paço, lá no alto do seu trono condigno[228]! Ninguém o removera; o santo tinha subido aquela famosa altura, pelos seus próprios pés, que os não tinha de fato, visto que a túnica de madeira, com douraduras e vernizes, descia-lhe até ao chão...

Gilda estremeceu, e antes de seguir seu caminho, voltou o olhar esgazeado paro o bosquezinho de limoeiros odorantes, perto da igreja.

Nossa Senhora! Arrependia-se agora de não ter vindo direitinha dar o seu recado logo pela manhã. Não eram as fúrias de D. Ricarda Maria, tão impertinente, o que ela mais temia, mas as almas penadas que andassem soltas, gemendo pelo mato. Lá a sua senhora? Que se ninasse! Já não havia escravos. Agora os fantasmas, esses! S. Nicolau que a acompanhasse.

Benzeu-se e foi andando com o coração nas mãos, volvendo os olhos esbugalhados para as beiras do caminho. Luzia-lhe a esperança de pedir pousada ao João Romão: cortaria assim a pior parte do caminho e dormiria com ele.

Por mal dos seus pecados, a noite estava negra e um ventozinho precursor de chuva agitava as ramagens, imitando vozes extravagantes.

Passado o negrume do mandiocal do Neves, ao dobrar mesmo a estrada, no ângulo onde de dia tanto se enchera de araçás, Gilda estacou boquiaberta. Através do rendilhado negro das galharias folhudas, ela viu luzes, grandes luzes bailando vagarosamente, lá na beira do rio.

— S. Nicolau me acuda! — suspirou ela, com os joelhos bambos, o coração aos pulos, estarrecida. S. Nicolau valeu-lhe, fazendo-a reconhecer nas luzes, archotes[229] de bagaço[230] de cana seca, que alumiavam o João Romão, a Norberta e mais três parceiros, na pescaria do bagre amarelo em tocas de pedras frias. O que enfureceu a Gilda foi ver o mulato abraçar Norberta, mesmo ali, à vista dos outros...

— Que jundiá[231] que vocês apanhem tenha veneno, diabos! — rosnou ela com desejo de irromper pelo mato e ir bater naquela

228 Merecido.

229 Tochas.

230 Resíduo sólido resultante do processo de compressão para retirada do sumo de uma fruta ou vegetal.

231 Tipo de peixe de água doce, bagre.

gente, ruim que nem cobra. Repeliu a ideia, estava sozinha, os outros eram muitos.

Esquecendo-se de ir procurar o seu peixe gordo, sepultado entre folhas de inhame junto à cruz de taquara, e que mesmo a escuridão não permitiria encontrar, Gilda seguiu para diante, tecendo ideias de vingança.

— João Romão me paga, deixa está ele! Pensam que podem comigo... não vê!

Um uivo lamentoso atravessou a floresta e houve uma bulha de animal de rastos[232]. Gilda nem fez caso. A raiva tirara-lhe o medo.

***

Às seis horas da manhã, D. Ricarda Maria apareceu no Engenho, e, dando com a Gilda no trabalho, gritou-lhe, furiosa:

— Então, sua cachorra, é assim que você cumpre ordens?

Contra o costume, a negra baixou a cabeça, humilhada e sonsa, relanceando a vista para a Norberta, que enchia um tipiti[233] para a prensa, no meio de uma nuvem fina de farinha que o João Romão peneirava a seu lado. Norberta passava por ser a crioula mais bonita do Engenho. Era tafula[234], vestia-se de engomados. Pareceu à Gilda, através da névoa branca, que ela se ria na ocasião, e teve ímpetos de lhe atirar à cara a cuia[235] com que levava mandioca do cocho[236] para o forno, que a Paula remexia com a longa pá.

Tia Tereza, a africana velha, entendida em rezas e feitiços, cosia os sacos, agachada a um canto, e, enquanto uns negros entravam com cestos de mandioca para a raspagem, outros traziam-na do lavador para a cevadeira, já branquinha como ossos nus...

D. Ricarda Maria chupou o grande buço grisalho que lhe ornava o rosto magro e ordenou ao João Romão que deixasse a peneiragem à Kita, e fosse ele para a máquina.

Depois voltando-se, inquiriu:

232 Animais rastejantes.
233 Espremedor de palha.
234 Enfeitada.
235 Cabaça, vasilha.
236 Tabuleiro.

— O cocho está seco? Que é do Viriato?

—Viriato tá cortando mandioca, sim senhora... — respondeu o Joaquim velho, que entrava suando sob um fardo de aipins.

D. Ricarda Maria postou-se ao lado da bolandeira[237] e o mulato sentou-se, tanto se lhe dando fazer um serviço como o outro. A velha gritou então que abrissem a água, e a engenhoca roncou.

"É agora", pensou Gilda consigo, voltando-se.

Norberta olhava embevecida para o João Romão, aproveitando a distração da patroa. O mulato é que não podia desviar a vista do trabalho, sob pena de ficar sem dedos ou sem braços. A máquina descrevia os seus movimentos rápidos, impelida pela força da água, triturando, esfarelando as raízes brancas da mandioca, num mastigar incessante.

Tia Tereza cantava num fio delgado de voz,estendendo os pés gretados[238] pelo chão, onde tremia uma roseta de sol caída do teto, de telha vã.

Gilda observou: estavam todos preocupados; então, avançando, disse num berro furioso:

— João Romão!

O mulato voltou-se assustado e a máquina segurou-o logo pela mão direita, e levar-lhe-ia o braço se D. Ricarda Maria não o tivesse puxado imediatamente para trás, com um movimento rápido e violento.

O sangue espadanou[239], houve rumor, o mulato caiu.

Gilda, vingada, num tremor de raiva e de espanto, dizia que só dera o grito ao perceber a catástrofe. Aquela mentira sabia-lhe tão limpa como se fora uma verdade. Só a Norberta, fula[240], espumando irada, a desmentia, xingando-a, em avanços de animal danado:

— Foi de propósito! Prendam aquele diabo! Foi de propósito! — exclamava ela debatendo-se nas mãos das companheiras, que a continham a custo.

— Como ele não quer mais saber dela! Foi de propósito! Amaldiçoada!

237 Roda que gira a moenda para fazer a farinha de mandioca.
238 Rachados.
239 Jorrou.
240 Furiosa.

Mas todas afirmavam que o caso deveria ter sido como a Gilda explicava, por que não? Fora tudo momentâneo, e a própria D. Ricarda Maria, ali de vigia, não se sentia habilitada nem para acusar, nem para defender...

Eis aí porque o João Romão nunca mais seduziu as crioulas, dedilhando na viola aquelas modinhas faceiras e sentimentais.

Apesar de o ver maneta e de o saber preguiçoso, Norberta fez-se a sua companheira definitiva. Essa trabalha por dois, e, sempre que vê a Gilda passar pela sua porta, cantando escarninhamente[241] com as mãos para as costas, ela cospe três vezes, dependura do umbral o ramo de arruda, faz no vazio o sinal da cruz e diz de modo a fazer-se ouvir da outra:

— Te esconjuro, diabo!

241 Com menosprezo.

A NEUROSE DA COR

Desenrolando o papiro[242], um velho sacerdote sentou-se ao lado da bela princesa Issira e principiou a ler-lhe uns conselhos, escritos por um sábio antigo. Ela ouvia-o indolente[243], deitada sobre as dobras moles e fundas de um manto de púrpura; os grandes olhos negros cerrados, os braços nus cruzados sobre a nuca, os pés trigueiros e descalços unidos à braçadeira de ouro lavrado do leito.

Pelos vidros de cores brilhantes das janelas, entrava iriada[244] a luz do sol, o ardente sol do Egito, pondo reflexos fugitivos nas longas barbas prateadas do velho e nos cabelos escuros da princesa, esparsos sobre a sua túnica de linho fino.

O sacerdote, sentado num tamborete baixo, continuava a ler no papiro, convictamente; entretanto a princesa, inclinando a cabeça para trás, adormecia!

Ele lembrava-lhe:

— A pureza na mulher é como o aroma na flor!

"Ide confessar a vossa alma ao grande Osiris[245]! para a terdes limpa de toda a mácula e poderdes dizer no fim da vida: *Eu não fiz derramar lágrimas; eu não causei terror!*"

242 Material da planta de mesmo nome utilizado na antiguidade para a escrita, antes do papel.
243 Insensível, indiferente.
244 Que reflete luzes coloridas, como o arco-íris.
245 Deus dos julgamentos.

"Quanto mais elevada é a posição da mulher, maior é o seu dever de bem se comportar."

"Curvai-vos perante a cólera dos deuses! Lavai de lágrimas as dores alheias, para que sejam perdoadas as vossas culpas!"

"Evitai a peste e tende horror ao sangue..."

— Note bem, princesa: *E tende horror ao sangue!*

A princesa sonhava: ia navegando num lago vermelho, onde o sol estendia, móvel e quebradiça, uma rede dourada. Recostava-se num barco de coral polido, de toldo matizado sobre varais crivados de rubis; levava os pés mergulhados numa alcatifa[246] de papoulas e os cabelos semeados de estrelas...

Quando acordou, o sacerdote, já de pé, enrolava o papiro, sorrindo com ironia.

— Ainda estás aí?

— Para vos repetir: Arrependei-vos, não abuseis da vossa posição de noiva do senhor de todo o Egito... lavai para sempre as vossas mãos do sangue...

A princesa fez um gesto de enfado, voltando para o outro lado o rosto; e o sacerdote saiu.

Issira levantou-se, e, arqueando o busto para trás, estendeu os braços, num espreguiçamento voluptuoso[247].

Uma escrava entrou, abriu de par em par a larga janela do fundo, colocou em frente a cadeira de espaldar de marfim com desenhos e hieroglifos[248] na moldura, pôs no chão a almofada para os pés, e ao lado a caçoula[249] de onde se evolava[250], enervante e entontecedor, um aroma oriental.

Issira sentou-se, e, descansando o seu formoso rosto na mão, olhou demoradamente para a paisagem. A viração brincava-lhe com a túnica, e o fumo da caçoula envolvia-a toda.

O céu, azul-escuro, não tinha nem um leve traço de nuvem. A cidade de Tebas parecia radiante. Os vidros e os metais deitavam

246 Tudo que cobre o chão como um tapete.
247 Sensual, libidinoso.
248 Caracteres usados com escrita no Egito Antigo.
249 Recipiente para queimar substâncias ou misturas aromáticas.
250 Exalava.

chispas de fogo, como se aqui, ali e acolá, houvesse incêndio; e ao fundo, entre as folhagens escuras das árvores ou as paredes do casario, serpeava, como uma larga fita de aço batida de luz, o rio Nilo.

Princesa de raça, neta de um Faraó, Issira era orgulhosa; odiava todas as castas, exceto a dos reis e a dos sacerdotes. Fora dada para esposa ao filho de Ramsés, e, sem amá-lo, aceitava-o, para ser rainha.

Era formosa, indomável, mas vítima de uma doença singular: a neurose da cor. O vermelho fascinava-a.

Muito antes de ser a prometida do futuro rei, chegava a cair em convulsões ou delíquios[251] ao ver flores de romanzeiras, que não pudesse atingir, ou as listas encarnadas[252] dos kalasiris[253] dos homens do povo.

A medicina egícia consultou as suas teorias, pôs em prática todos os seus recursos, e curvou-se vencida diante da persistência do mal.

Issira, entretanto, degolava as ovelhinhas brancas, bebia-lhes o sangue, e só plantava nos seus jardins papoulas rubras.

Na aldeia em que nascera e em que tinha vivido, Karnak, forrara de linho vermelho os seus aposentos; era neles que ela bebia em taças de ouro o precioso líquido.

Princesa e formosa, a lama levou-lhe o nome ao herdeiro de um Ramsés; e logo o príncipe, curioso, seguiu para essa terra.

O seu primeiro encontro foi no templo. Ele esperava-a no centro do enorme pátio, entre as galerias de colunas, ansiosamente. Ela vinha no seu palanquim[254] de seda, coberta de pérolas e de púrpura, passando radiante e indolente entre as seiscentas esfinges[255] que flanqueavam a rua.

Dias depois morria o pai de Issira, último descendente dos Faraós, após a sua costumada refeição de leite e mel. O príncipe Ramsés solicitou a mão da órfã e fê-la transportar para o palácio real, em Tebas.

251 Sensação de fraqueza, abatimento.

252 Vermelhas, escarlates.

253 Toga, túnica longa unissex.

254 Veículo em forma de liteira para transportar uma pessoa, com um leito ou assento coberto, preso a um varol carregado nos ombros de homens ou camelos ou elefantes.

255 Ser mitológico com corpo de leão e rosto humano.

A beleza de Issira deslumbrou a corte; a sua altivez fê-la respeitada e temida; a paixão do príncipe rodeou-a de prestígio e a condescendência[256] do rei acabou de lhe dar toda a soberania.

O seu porte majestoso, o seu olhar, ora de veludo ora de fogo, mas sempre impenetrável e sempre dominador, impunham-na à obediência e ao servilismo dos que a cercavam.

Esquecera a placidez de Karnak. Lamentava só as ovelhinhas brancas que ela imolava nos seus jardins das papoulas rubras.

A loucura do encarnado aumentou.

Os seus aposentos cobriram-se de tapeçarias vermelhas. Eram vermelhos os vidros das janelas; pelas colunas dos longos corredores enrolavam-se hastes de flores cor de sangue.

Descia às catacumbas[257] iluminada por fogos encarnados, cortando a grandiosa soturnidade[258] daqueles enormes e sombrios edifícios, como uma nuvem de fogo que ia tingindo, deslumbradora e fugidia, os sarcófagos[259] de porfiro[260] ou de granito negro.

Não lhe bastava isso; Issira queria beber e inundar-se em sangue. Não já o sangue das ovelhinhas mansas, brancas e submissas, que iam de olhar sereno para o sacrifício, mas o sangue quente dos escravos revoltados, conscientes da sua desgraça; o sangue fermentado pelo azedume do ódio, sangue espumante e embriagador!

Um dia, depois de assistir no palácio a uma cena de pantomimas[261] e arlequinadas[262], Issira recolheu-se doente aos seus aposentos; tinha a boca seca, os membros crispados[263], os olhos muito brilhantes e o rosto extremamente pálido.

O noivo andava por longe a visitar províncias e a caçar hienas.

Issira, estendida sobre os coxins[264] de seda, não conseguia adormecer. Levantava-se, volteava no seu amplo quarto, desesperadamente, como uma pantera ferida a lutar com a morte.

256 Complacência, anuência às vontades de outro.
257 Galeria subterrânea onde de enterravam os mortos.
258 Triste, melancólico.
259 Túmulo feito de pedra que se supunha ter a propriedade de consumir as carnes, utilizado pelos antigos que não queriam incinerar seus mortos.
260 Espécie de rocha ígnea, de fogo.
261 Representação teatral através de gestos e expressões faciais.
262 Palhaçadas, ações ridículas.
263 Contraídos.
264 Almofada usada com acento.

Faltava-lhe o ar; encostou-se a uma grande coluna, ornamentada com inverossímeis figuras de animais entre folhas de palmeira e de lodão[265]; e aí, de pé, movendo os lábios secos, com os olhos cerrados e o corpo em febre, deliberou mandar chamar um escravo.

A um canto do quarto, estendida no chão, sobre a alcatifa, dormia a primeira serva de Issira.

A princesa despertou-a com a ponta do pé.

Uma hora mais tarde, um escravo, obedecendo-lhe, estendia-lhe o braço robusto, e ela, arregaçando- lhe ainda mais a manga já curta do *kalasiris,* picava-lhe a artéria, abaixava rapidamente a cabeça, e sugava com sôfrego prazer o sangue muito rubro e quente!

O escravo passou assim da dor ao desmaio e do desmaio à morte; vendo-o extinto, Issira ordenou que o removessem dali, e adormeceu.

Desde então entrou a dizimar escravos, como dizimara ovelhas.

Subiam queixas ao rei; mas Ramsés, já velho, cansado e fraco, parecia indiferente a tudo. Ouvia com tristeza os lamentos do povo, fazendo-lhe promessas que não realizava nunca.

Não queria desgostar a futura rainha do Egito; temia-a. Guardava a doce esperança da imortalidade do seu nome. E essa imortalidade, Issira poderia cortá-la como a um frágil fio de cabelo. Formosa e altiva, quando ele, Ramsés, morresse, ela, por vingança, fascinaria a tal ponto os quarenta juízes do *julgamento dos mortos,* que eles procederiam a um inquérito fantástico dos atos do finado, apagando-lhe o nome em todos os monumentos, dizendo ter mal cumprido os seus deveres de rei!

Não! Ramsés não oporia a sua força à vontade da neta de um Faraó! Que a maldita casta dos escravos desaparecesse, que todo o seu sangue fosse sorvido com avidez pela boca rosada e fresca da princesa. Que lhe importava, e que era isso em relação à perpetuidade do seu nome na história?

As queixas rolavam a seus pés, como ondas marulhosas e amargas; ele sofria-lhes o embate, mas deixava-as passar!

Issira, encostada à mão, olhava ainda pela janela aberta para a cidade de Tebas, esplendidamente iluminada pelo sol, quando um

265 Árvore de lótus.

sacerdote lhe foi dizer, em nome do rei, que viera da província a triste notícia de ter morrido o príncipe desastrosamente.

Reeebeu a princesa com ânimo forte tão inesperada nova. Enrolou-se num grande véu e foi beijar a mão do velho Ramsés.

O rei estava só; a sua fisionomia mudara, não para a dolorosa expressão de um pai sentido pela perda de um filho, mas para um modo de audaciosa e inflexível autoridade. Aceitou com frieza a condolência de Issira, aconselhando-a a que se retirasse para os seus domínios em Karnak.

A egípcia voltou aos seus aposentos, e foi sentar-se pensativa no dorso de uma esfinge de granito rosado, a um canto do salão.

A tarde foi caindo lentamente; o azul do céu esmaecia; as estrelas iam a pouco e pouco aparecendo, e o Nilo estendia-se cristalino e pálido entre a verdura negra da folhagem. Fez-se noite. Imóvel no dorso da esfinge, Issira olhava para o espaço enegrecido, com os olhos úmidos, as narinas dilatadas, a respiração ofegante.

Pensava na volta a Karnak, no seu futuro repentinamente extinto, nesse glorioso amanhã que se cobrira de crepes e que lhe parecia agora interminável e vazio! Morto o noivo, nada mais tinha a fazer na corte.

Ramsés dissera-lhe:

— Ide para as vossas terras; deixai-me só...

Issira debruçou-se da janela — tudo negro! Sentiu rumor no quarto, voltou-se. Era a serva que lhe acendera a lâmpada.

Olhou fixamente para a luz; a cabeça ardia-lhe, e procurou repousar. Deitando-se entre as sedas escarlates do leito, com os olhos cerrados e as mãos pendentes, viu, em pensamento, o noivo morto, estendido no campo, com uma ferida na fronte, de onde brotava em gotas espessas o seu belo sangue de príncipe e de moço.

A visão foi-se tornando cada vez mais clara, mais distinta, quase palpável. Soerguendo-se no leito, encostada ao cotovelo, Issira via-o, positivamente, a seus pés. O sangue já se não desfiava em gotas, uma a uma, como pequenas contas de coral; caía às duas, às quatro, às seis, avolumando-se, até que saía em borbotões, muito vermelho e forte; Issira sentia-lhe o calor, aspirava-lhe o cheiro, movia os lábios secos, buscando- lhe a umidade e o sabor.

A insônia foi cruel. Ao alvorecer, chamando a serva, mandou vir um escravo.

Mas o escravo não foi. Ramsés atendia enfim ao seu povo, proibindo à egípcia a morte dos seus súditos. Um sacerdote foi aconselhá-la.

— Cuidado! A justiça do Egito é severa, e vós já não sois a futura rainha...

Issira despediu-o.

Perseguia-a a imagem do noivo, coberto de sangue. A proibição do rei revoltava-a, acendendo-lhe mais a febre do encarnado.

Como na véspera, o sol entrava gloriosamente pelo aposento, através dos vidros de cor. A princesa mordia as suas cobertas de seda, torcendo-se sobre a púrpura do manto. De repente levantou-se, transfigurada, e mandou vir de fora braçadas de papoulas, que espalhou sobre o leito de púpura e ouro...

Depois, sozinha, deitou-se de bruços, estirou um braço e picou-o bem fundo na artéria. O sangue saltou vermelho e quente.

A princesa olhou num êxtase para aquele fio coleante[266] que lhe escorria pelo braço, e, abaixando a cabeça, uniu os lábios ao golpe.

Quando à noite a serva entrou no quarto, absteve-se de fazer barulho, acendeu a lâmpada de rubis, e sentou-se na alcatifa, com os olhos espantados para aquele sono da princesa, tão longo, tão longo...

266 Serpenteante, sinuoso.

AS TRÊS IRMÃS

A Zalina Rolim[267]

Havia muitos anos já que D. Tereza não via as duas irmãs. A segunda, D. Lucinda, partira logo depois de casada, com o primeiro marido, para Buenos Aires, e lá ficara sempre; a mais moça, D. Violeta, fora habitar a Bahia como seu esposo e ali estava gozando os triunfos acadêmicos dos filhos e os respeitos delicados do seu *velho.*

Mas um dia, D. Tereza, apreensiva, com medo da morte que se avizinhava, escreveu às irmãs:

— Que viessem ao Rio despedir-se dela e tomar posse do que lhes pertencia.

Interesse ou saudade... (quem lê claro em corações tão bem ocultos?) empurrou para as plagas natais as duas senhoras.

D. Tereza remoçou uns dias. Só ela ficara solteira e em casa dos pais, já há tanto mortos, como um guarda fiel, depositária de todas as relíquias da mocidade deles e delas! Assim, recomendou à criada, mulata antiga, ex-escrava da família, em todo caso uns trinta anos mais moça do que ela:

— Olha, Emilia! Para a mana Lucinda arranja o quarto azul, aquele da esquina... era o seu quarto de solteira... Ela gostava de

267 Maria Zalina Rolim Xavier de Toledo (1869-1961) foi uma poetisa brasileira, autora das obras adotadas em escolas "O Coração" (1893) e o Livro das Crianças (1897), além de colaboradora em revistas femininas e jornais.

canários... tinha sempre uma gaiola no quarto... era isso: bota lá a gaiolinha dourada do canário novo... Escuta! Lava bem tudo! Ela era muito faceira... não te esqueças do pó de arroz, de pôr sabonete fino e frascos de... espera! Qual era o cheiro que ela preferia?...Ah! Já sei! Jasmim! Manda comprar essência da jasmins...

— Sim, senhora.

— Agora, para D.Violeta prepara o quarto branco, das três janelas... Era o quarto dela! Vê se arranjas muitas flores...Violeta era a nossa jardineira!... Olha, faze um ramo para o lavatório, outro para a cômoda. Era assim que ela usava... Espera! Que pressa! Manda comprar essência de violetas... era o aroma dela!

— Sim, senhora...

— Não te esqueças de nada!

— Não, senhora...

A mulata saiu, deixando D.Tereza aos guinchos com um ataque de asma. Não queria morrer deixando aquela casa em mãos indiferentes. Só as irmãs receberiam com amor aqueles trastes[268] antigos, em que tantas vezes rolaram juntas, onde os pais presidiam às suas travessuras de crianças e onde, depois, os noivos as beijaram com embriaguez... A pobre coitada estava a desfazer-se, sentia, a cada arranco da tosse, desmanchar-se-lhe, sob a pele seca e enrugada, a carcassa frágil e dolorida. O seu corpo, nunca amado, caía, como um feixe de ossos partidos, para a sepultura. Como estariam as irmãs? A Lucinda deveria estar bem velhota! Agora a Violeta, essa, apesar de mais moça, com tantos filhos e já tanta netalhada, é provável que viesse trêmula e bem achacada pela velhice! Havia já uns trinta anos que a não via... e a outra... uns bons quarenta! E D.Tereza revia com saudade o rosto pálido e formoso da esbelta Lucinda, de olhos verdes, dentes sãos, faces brancas como a neve; e o rostinho delicado de Violeta, moreno, levemente rosado, com uns olhos travessos e negros e uma boquinha perfumada de juventude, muito fresca e vermelha!

E apesar de calcular-lhes as rugas, só via diante dos olhos as figuras louçãs e radiantes das irmãs noutros tempos...

A mulata aprontou tudo com esmero. D. Tereza, apoiada ao seu ombro e a uma bengala grossa, percorreu toda a casa. Ela tinha tido

268 Móveis velhos.

sempre a singular mania de conservar as coisas nos mesmos lugares e em igual posição. Se mandava renovar o papel de uma sala, exigia que o novo fosse exatamente igual ao que de lá saísse; e os trastes eram polidos, os estofos espanados com escrúpulo e as alcatifas nunca substituídas por outras que não fossem da mesma cor e de igual desenho... Para ela, aquelas velharias eram preciosidades raras. Não sabia nunca, não dava festas. Vagava no ar das suas salas um cheiro de mofo, denunciador do triste isolamento da sua vida de solteirona, sem sobrinhos, nem afilhados, nem ninguém!

Custava-lhe deixar todo aquele esplendor em mãos alheias e ansiava pelas irmãs. Por uma coincidência, chegaram no mesmo dia D. Violeta, vinda da Bahia, e D. Lucinda, de Buenos Aires.

A manhã estava de uma beleza incomparável; o céu todo azul, a atmosfera morna, o que aprouve a D. Tereza, que pôde aliviar o peso da roupa e cruzar sobre o vestido de seda roxo o seu belo mantelete de renda preta. A Emilia ajudou-a naquela tarefa. Toda a roupa comparticipava daquele cheiro de umidade. Vestido havia tanto tempo guardado, o que as rugas fundas denunciavam, não podia cheirar a sol nem a primavera...

No topo da escada, com a cabecinha trêmula sempre a dizer que sim, uma das mãos apoiada à bengala, a outra sumida no braço da mulata, D. Tereza esperava as irmãs com os olhos luminosos, molhados de lágrimas. Elas subiam, vagarosas também, falando alto, uma com voz grave, outra em um falsete de gaita. Haviam de ser risadinhas, lembranças da mocidade...

D. Tereza ordenara que se abrisse o salão principal, e foram logo para lá as três. O que ela notou, com certa alegria invejosa, foi que as irmãs andavam mais direitas, sem necessidade de apoio. Sentaram-se no salão. D. Lucinda faiscava de vidrilhos[269], descansando a papada cor de leite na rica seda preta da capa. Era enorme. A gordura disfarçava-lhe as rugas. O coquetismo da mocidade ainda mostrava os seus traços: lá estava o cabelo pintado, caído nas fontes em duas *belezas*, à moda espanhola. E de vez em quando saltitava um *caramba*, que rebentava como uma bomba naquela casa antiga e reservada.

269 Canudinhos de vidro usados em bijuterias.

D. Violeta, essa guardara alguma coisa do seu aroma de flor, para a secura da velhice. Era pequena, muito engelhada; vinha vestida de lã marrom, com uma capa de rendas, de pouco enfeite. O que lhe dava graça era o cabelo muito branco e a meiguice dos seus olhos negros, habituados a sorrir para os netos travessos.

D. Tereza era a mais acabada! Faltara-lhe o amor, faltaram-lhe as sagradas agonias da maternidade, e a sua existência passiva, concentrada, inerte, levara-a àquele ponto de passa seca já empedernida[270] e intragável!

As três irmãs olharam-se com tristeza; mas o que pensaram, não o disseram. Os lábios sorriram, houve uns suspiros mal disfarçados e um brilho de lágrimas, que pareceu molhar ao mesmo tempo os olhos de todas, sem rolar pela face de nenhuma... D. Lucinda rompeu o silêncio. Vinha por pouco tempo... o seu segundo marido, um argentino, morrera havia um ano; tinha ainda muita coisa a liquidar... O seu palacete não podia ficar abandonado em mãos dos perversos enteados... O seu palacete! Como ela encheu a boca, descrevendo em duas palavras o luxo das suas mobílias e da sua equipagem...

Era conhecida e invejada na cidade toda!

D. Tereza pasmou:

— Quê! Pois as suas mobílias são melhores do que...

— Estas?! Oh! — e riu-se com desdém. — Tereza! Você não imagina: isto é horrível! *Nós outras* temos coisas modernas, vindas de Paris! Meu marido gastava todos os anos uma fortuna em quadros, em louças, em cavalos e em roupas!

D. Tereza, pálida, com a cabecinha ainda mais trêmula, olhou para a irmã Violeta.

— E você?

— Eu já não me importo com luxos... meus netos acabam com tudo! A não ser à missa, não vou a parte nenhuma... O que eu quero é ter muito espaço para as crianças e uma capela bonita. Em minha casa celebra-se sempre, com alguma pompa, o mês de Maria... É o nosso sistema.

270 Teimosa, de hábitos enraizados.

— Eu não conheço, modéstia à parte, casa mais completa do que a minha! — impou[271] D. Lucinda.

— Nem eu casa mais alegre do que a minha. Se saio, volto logo com saudades... – murmurou D.Violeta.

D.Tereza disse, já um tanto envergonhada por tratar as irmãs por *você*, em um tom cerimonioso e encolhido:

— Pois eu mandei pedir a... vocês... que viessem tomar conta das mobílias e da casa, julgando que lhes fosse agradável...

— Vamos ver! — interrompeu D. Lucinda, erguendo-se com dificuldade bem disfarçada.

Emilia amparou D.Tereza e seguiram todas em peregrinação.

D. Lucinda apalpava tudo e ia murmurando:

— Esta mobília tem o estofo podre... Olhem! — e esgarçava com a unha o damasco das poltronas.

— Está mesmo... — afirmava D.Violeta. — Assim tudo: este canapé é medonho; eu não o quereria nem na minha cozinha! Meu Deus! Esta sala de jantar parece-me um refeitório de convento... E dizer que antigamente a gente achava isto bonito...

D.Violeta sorria; D.Tereza não chorava por vergonha, com respeito às irmãs, que vinham mais fortes, com outros hábitos e outros gostos, cada qual educada por um marido, com o espírito influenciado pelo espírito deles; uma adorando o luxo, a outra a família e a igreja. Era bem certo, o casamento e a distância roubaram-lhe as irmãs para sempre; a Lucinda e a Violeta de outrora estavam enterradas em algum cemitério de virgens; aquelas duas velhas de gênios opostos... não eram elas!

À noite, D. Tereza, opressa pela asma, não se quis recolher cedo ao seu quarto. Emilia foi dizer-lhe com acento irônico:

— D. Lucinda mandou tirar do quarto dela a gaiolinha. Diz que não pode suportar barulhos... que o sono da manhã é o melhor!

Ao mesmo tempo aparecia D.Violeta com as flores na mão:

— Isto não pode estar lá no quarto... As flores devem ficar nos jardins... Lá em casa é o meu sistema.

"Lá em casa!", pensou D. Teresa; "*lá em casa!* Afinal cada uma ama o que é seu, pensa no que é seu! Eu, só eu, amo esta casa, não por-

271 Ofegou.

que seja minha, mas porque era *nossa*... Serei melhor do que elas? De onde me vêm esta ternura e esta saudade que elas não sentem?"

D. Tereza chorou na penumbra da sala.

No dia seguinte mandou recolher ao quarto dos badulaques[272], no fundo do quintal, os trastes mais antigos e de maior estimação. As irmãs zombavam de tudo... pois bem! Deixaria escrito que se fizesse com eles uma fogueira no dia do seu enterro. Mas não escreveu, e dois dias depois, à hora do almoço, morreu sentada na sua cadeira de couro, com as mãos sumidas no xale e a cabecinha pendida para o peito.

D. Violeta recolheu as imagens do oratório, como lembrança piedosa; D. Lucinda, nada. Venderam a casa, repartiram os bens... e foi cada uma para o seu destino.

272 Penduricalhos, enfeites baratos.

O VÉU
(Das memórias de um estudante)

...nas férias desse mesmo ano, decidi visitar a família, meu pai e duas irmãs, na pequena vila do meu nascimento, em S. Paulo.

Revoltado pela injustiça dos lentes[273], que me reprovaram no meu quarto ano de medicina, resolvi ir para o mato escrever em sossego contra eles. A vingança seria tremenda.

Parti num dia de muito calor; ia indisposto e sonolento. Dando um puxão no meu boné para os olhos, dispunha-me a adormecer quando vi sentarem-se na minha frente duas senhoras.

Uma era alta, a outra baixa; uma esbelta, a outra atarracada.

A baixa levava sobre o vestido de merinó[274] preto um guarda-pó[275] de linho com reversos de cor, chapéu de palha havana e luvas de meia pardas. Era mulher de uns quarenta e poucos anos, morena, luzidia e de lunetas de aro: tipo vulgar, burguês. A esbelta trajava com elegância um vestido simples de riscadinho cinzento, sem folhos nem fitas, guarnecido de pespontos, com um casaco justo que lhe denunciava a formosa linha do corpo, e um colarinho à inglesa, muito unido ao pescoço. Chapéu do mesmo tom,

273 Professores.
274 Lã de carneiro.
275 Casaco comprido, de tecido leve, que se veste por cima da roupa para resguardá-la da poeira, muito utilizado por médicos e professores.

que pareceria mais um chapéu de homem se não lhe tivessem pespegado na frente uma grande ave de asas abertas.

Desço a estas minudências de *toilette* porque elas constituíram logo para mim um ponto de estudo. A maneira de vestir indica fatalmente a maneira de pensar de uma mulher. E entre aquelas duas... que abismo! Que extraordinária diferença! Era caso realmente para meditação. Eu observava ora uma, ora outra.

As luvas de meia de algodão pardas da baixa faziam-me adivinhar mãos curtas, grossas, ágeis, afeitas à vassoura, à agulha, calejadas da tesoura, marcadas por queimaduras de calda ou água a ferver; as luvas de pelica da alta, justas e bem abotoadas, faziam-me sonhar com umas finas mãos muito macias e brancas, acostumadas a correr pelo teclado de um piano de Erard, a folhear os livros de Bourget, ou dos Goncourt, e a acariciar um *angorá*[276] de preço, no aconchego tépido[277] de um divã de seda. Os sapatos de entrada baixa da gorda, mostrando-lhe as meias cruas engelhadas nos tornozelos grossos, faziam declarações terrivelmente indiscretas: que aqueles pés tinham calos e unhas encravadas, que se punham assim à vontade pela obrigação de longas caminhadas enfadonhas e cansativas. As botinas de pelica da outra, lustrosas e estreitas, diziam o contrário. Estavam ali dentro pés mimosos, acetinados, habituados à valsa e à fabrica Ferry.

Na larga cara da morena, úmida de suor e salpicada do carvão da máquina, li como num livro aberto: atividade, despretensão, pouca inteligência e uma pontazinha de gênio. Na cara da companheira é que não pude ler nada! Levava-a encoberta por um largo véu claro, que passava e repassava em torno da cabeça, escondendo-lhe totalmente as feições.

Era clara, loira, trigueira, rosada ou pálida? Não o podia eu então saber.

Devia ser loira, que é o tipo requintadamente aristocrático. Aquela singularidade mesmo de um véu tão espesso, coisa perfeitamente explicável numa viagem em trem de ferro em tempo de seca e de pó, contribuiu para tornar mais curiosa e interessante a

276 Tipo de gato peludo.
277 Morno.

figura patrícia daquela senhora. Eu estudava-a e, à proporção que a estudava, ia-me apaixonando! Ah! Não se riam! Que diabo há de fazer um rapaz de dezenove anos durante um dia inteiro de viagem, quando o acaso lhe atira para diante dos olhos uma estampa tão sedutora? Apaixonei-me, sim; mas não foi também tão subitamente como à primeira vista pôde parecer! Fui-me apaixonando minuto a minuto, lentamente, primeiro pelos pezinhos, depois pelas mãos, depois pela distinção do porte, e finalmente pelo rosto que eu não via, o que não obstava a que o soubesse de uma brancura de leite e rosas, iluminado por um par de olhos rasgados, úmidos, prometedores de inefáveis doçuras. E, assim como eu percebera o caráter da outra pela cara, percebi, pelo conjunto gracioso desta, o seu gênio também. Era recatada, tímida, honesta, altiva, indolente — tanto quanto o exigisse a sua alta posição na sociedade —, rica e solteira. Encobria-se assim (e já eu fazia as minhas conjecturas!) porque, viajando sem o pai, acanhava-se de se dar a conhecer a toda a gente, evitando comentários; uma prudência louvável. Seria casada? Também podia ser; o papel de pai identificava-se com o de marido, sem que por isso o dela sofresse alterações: irmã ou filha da outra é que não era; isso jurava eu.

O meu olhar fixava-se por tal forma na sua gentilíssima figura, que ela principiava a inquietar-se.

"Sou um grosseiro", dizia eu de mim para mim; mas não conseguia desviar a vista.

Ali mesmo formei logo tensão de escrever um livro a que poria o título: — AS MULHERES; livro esquisito, original, farfalhante como as sedas de Lyon. Era essa desconhecida quem me suscitava tão boa ideia. Abençoada fosse ela! Propunha-me (julgava-me habilitado para isso) a descrever os caracteres das mulheres que eu daí por diante encontrasse, só pelas suas manifestações exteriores. Na missa, no baile, em casa, no teatro, na maneira de ajoelhar, de abrir o livro, de dançar, de mover o leque, de receber uma visita ou de assistir a um drama, julgava eu, ainda inexperiente das suas dissimulações, que as poderia definir clara e positivamente, estampando-as depois com todos os cambiantes[278] nas páginas do meu

278 Variações.

volume. Seria dedicado o meu trabalho à bela e misteriosa companheira de viagem, de quem então eu já deveria saber o nome.

O nome! Como se chamaria ela? E andei à procura de um nome de mulher loira: Laura... Matilde... Alice... Lúcia... Aurora!

Entretanto, chegamos a S. Paulo. Anoitecia; os lampiões de gás espalhavam pontinhos de ouro pela cidade. Acabava-se o meu romance tristemente... não me podia resignar a isso. E, apanhando à pressa a minha mala, acompanhei as duas senhoras através da *gare*[279].

Um sujeito aproximou-se delas, e curvando-se diante da mais alta, recebeu algumas ordens, rapidamente, depois acompanhou-as à rua, abriu a portinhola de um carro particular e voltou. Elas partiram, e eu, numa resolução digna dos meus dezenove anos, acompanhei-as noutro carro, até vê-las entrar numa casa apalaçada, ao lado de um jardim.

A minha vila que me perdoe, e que me perdoe a minha família, e que se regozijem os meus lentes ameaçados! Esqueci-os e instalei-me por largos dias no Grande Hotel! As manhãs e as tardes gastava-as ou em passeio diante daquela grande casa sempre fechada, misteriosa como o véu, aristocrática como a dama. Por fim, num desespero de namorado infeliz, encostava-me à grade e ficava horas esquecidas olhando para dentro, sem medo de me tornar suspeito para a criadagem ou para a polícia, a ver cair lentamente, como lágrimas de sangue, as pétalas carnudas das camélias vermelhas.

Tanto maior era a obstinação daquela senhora em se não mostrar, quanto mais veemente era o meu desejo de a ver. Passados não sei quantos dias, lobriguei[280] numa manhã a companheira de viagem, a gorda, a sacudir um tapete numa janela; cumprimentei-a, sorri-me, fiquei atrapalhado, com vontade de perguntar alguma coisa, mas evitando praticar semelhante asneira. Ela compreendeu-me de certo, porque teve a amabilidade de convidar-me para descansar.

— A senhora baronesa ainda está recolhida — disse com malícia —; mas isso não o priva de entrar e tomar uma canequinha de café.

Recusei e segui.

279 Traduzido do francês: estação de trem.
280 Entrevi, avistei.

Para encurtar razões: escrevi um dia à baronesa, e mandei-lhe a carta. Nessa tarde recebi um cartão dela, consentindo que eu lhe fosse beijar a mão.

Entrei na sua casa transportado de júbilo e já com o prólogo do rneu livro feito para lhe mostrar... Nessa parte da minha obra, escrita em noites de febre um tanto romanesca, pusera eu, entre muitos adjetivos e frases modernas perfeitamente desconexas, num estilo *à la diable*[281], toda a minha alma e aspiração de glória!

Tinha antíteses[282] medonhas, quadros terríveis em que a dúvida se divertia a queimar um pobre coração, revolvendo-o nas chamas de um amor intensíssimo! E por sobre isso tudo, uns salpicos de *opoponax*, que era o aroma em voga, e uns sonhos ideais, cheios de coisas mansas e doces melancolias, com que eu contava apossar-me do coração da bela baronesa.

E era só imaginar o brilho dos seus olhos lânguidos[283] quando me dissesse entusiasmada e feliz:

— Como é belo!

Fizeram-me esperar numa sala, em que ocupava a principal parede um barbaças[284] condecorado. Estava ali havia uns bons dez minutos quando um criado veio dizer-me que a senhora baronesa rogava-me o obséquio de ir ter com ela a uma outra sala.

Fui.

Estava de pé e veio receber-me sorrindo com tristeza, e talvez também com um pouco de ironia...

Ai de mim! Por que tirara ela o longo véu piedoso?! Era velha, a baronesa, velha e feia; mas bem velha e bem feia!

Fiquei atônito, tendo a estupidez de deixar transparecer na fisionomia a minha amarga decepção; e ela, para vingar-se daquele imperdoável movimento, deixou-me logo cair no ouvido estas palavras agudas como punhais:

— Meu menino, não se canse jamais em seguir as mulheres... que usarem véus muito espessos!

281 Traduzido do francês. Expressão que significa de forma descuidada.
282 Recurso de texto utilizado para expor ideias opostas.
283 Débeis, frouxos, amolecidos.
284 Homem de barba espessa.

PELA PÁTRIA

Os tiros lá fora repetiam-se, tremendos e abaladores. D. Catarina, muito lívida, segurava com os dedos magros, de encontro ao peito fundo e côncavo, o seu triste xale de viúva, escutando sozinha a agonia do coração... Morava em Niterói, num bairro afastado, e na sua pequena sala térrea, de uma nudez de ascetério[285], o seu corpo magro e esguio, todo coberto de preto, andava desnorteadamente, como um mastro sem velas batido na borrasca[286].

Corria assim de canto a canto, de parede a parede, de janela a janela, sem parar, sem perceber senão que os seus dois rapazes lá estavam na guerra, o mais velho no exército, o mais novo na esquadra...

A luz pálida do crepúsculo desfazia-se aos poucos. Coisas e seres retraíam-se num silêncio expectante.

O troar da artilharia calava todas as outras vozes; nos intervalos caía sobre a terra uma mudez pesada e absoluta; mas o estampido vinha depressa fazer vibrar a natureza inteira. E o ar ficava por momentos trêmulo, como que dolorido pela passagem daquele som formidável c assassino.

D. Catarina tinha esgotado todo o fervor religioso da sua alma. A prece já lhe saía dos lábios frios como um débil perfume de

285 Convento, mosteiro, lugar para meditação.
286 Ventania impetuosa, acompanhada de chuva forte.

flor murcha. Perdera as forças na ansiedade e no pranto; o coração não lhe destilava a água purificada da lágrima, que escorrera toda, deixando só no fundo os resíduos de sangue negro e envenenado, geradores da raiva. D. Catarina odiava a terra em que nascera e que lhe roubava agora os filhos, e execrava ainda mais os homens e a lei e tudo! Era ignorante, embora inteligente e imaginosa; e na curta parábola em que o seu espírito se abalançava, não podia atingir esses preceitos divinos, que se escrevem com sangue e que os homens têm corrente na sua alta sabedoria...

A honra? O brio da nação? Palavras! Ela não sabia senão que amava os filhos, que os tinha criado com terno apego e grande sacrifício, pedindo honestamente e humildemente ao Senhor Deus dos exércitos, que fizera as estrelas do céu, as águas dos rios, os cedros altivos e as areias do mar, que, na sua forca prodigiosa, de tantas maravilhas, lhe concedesse a simplíssima graça de a fazer morrer bem velhinha, deixando neste mundo os seus dois filhos... os seus dois únicos filhos!

***

Tinha caído a noite. D. Catarina procurou reagir. Acendeu a lâmpada, compôs na alcova próxima as roupas e as camas dos seus rapazes. Para quê? Eles não viriam... mas era um hábito, e ela obedecia com submissão a todos os seus velhos costumes.

Ergueu depois a vela à altura dos retratos deles, que se destacavam na parede caiada, em dois quadrinhos moldurados de veludo escuro.

O mais velho era um soldado garboso[287], claro e bonito como o pai, de olhos rasgados e peito franco e largo.

O outro, ainda muito novo, puxara ao tipo da mãe: era magro, trigueiro, de rosto comprido e lábios simpáticos. D. Catarina beijou ambos com igual ternura, confundindo-os no mesmo enleio e no mesmo cuidado. Voltou depois para a saleta, abrindo os ouvidos aos rumores de fora...

Que estranho rumor seria agora aquele que percebia ao longe, no ar imóvel da noite? Fincou o olhar na treva. Ninguém! A estra-

287 Belo, bem-apessoado.

da devia estar deserta. Tornou a entrar e foi sentar-se a um canto, com os cotovelos pontudos firmados nos joelhos e o rosto sumido entre as mãos. Caíra por fim numa atonia[288] que lhe amolentava o espírito e petrificava o corpo; nem um leve estremecimento lhe agitava os músculos. Permaneceu por longas horas em igual postura, olhando para o mesmo ponto.

A pouco e pouco ideias desencontradas foram nascendo e fugindo simultaneamente no seu cérebro de devota extinta. Deus e o diabo surgiam juntos na mesma luz indecisa que se esbatia em sombras, que mudava e que desaparecia. Santa Catarina, sua patrona, a virgem douta[289], vinha também, na sua nudez pálida de martirizada, atravessar-lhe a mente num clarão frouxo e frio. E depois outros santos, e grandes heresias, procissões fantásticas, mal definidas, indeterminadas, arrastavam-se lentamente, mudando de feitio e mudando de cor, espalhando-se, extinguindo-se...

D. Catarina permanecia surda a todas as bulhas exteriores, numa abstração de louca. O rumor recrudescera[290], recrudescera e avizinhava-se. Os estalidos da fuzilaria crepitavam já perto. De vez em quando ribombava o canhão, atroador, medonho.

O solo e as casas tremiam então, abalados pelo estampido que o eco repetia em ondulações soluçadas. O clamor da guerra abafava tudo, terrivelmente, dolorosamente!

Entretanto, alguém vinha pela rua solitária, batendo a calçada com passos apressados. D. Catarina, prostradíssima, continuava em igual postura, olhando para o mesmo ponto... Bateram; ela então, acordando daquele marasmo de extenuada, ergueu-se de chofre e correu para a porta. O coração saltava-lhe em ímpetos violentos, sufocadores.

— Meu filho!

Era o João, o mais velho, o soldado. A mãe estendeu-lhe os braços, sorrindo, enlevada, numa grande ventura. Ele não respondeu ao afago; e pálido, abstrato, sem ter nem mesmo levado a mão respeitosamente ao boné, foi direito à mesa e apoiou-se nela, deixando-se cair numa cadeira.

288 Inércia, abatimento moral ou intelectual.
289 Sábia, erudita.
290 Tornara-se mais forte.

— Como você vem sujo de pólvora e como está cansado! Meu adorado filho, que medo que eu tinha! Agora fico pensando no outro... o meu Pedrinho... você sabe dele?

João voltou-se para a mãe com ar espantado.

— Diga, você viu seu irmão?

O soldado não respondeu; fixava a mãe com olhar parvo, muito aberto, como se não compreendesse o que ela lhe dizia. Vinha fugido, com a farda rasgada, aberta no peito, as mãos negras de pólvora, o rosto transtornado.

D. Catarina apavorou-se. Estaria doido, o João? Ameigando a voz, ela pediu-lhe que repousasse e ofereceu-lhe de comer.

Que não; respondeu ele com um gesto.

— Então...

O espírito da mãe clareou-se de repente: o filho vinha só para dizer-lhe: vivo! E, já com medo de tornar a perdê-lo, instou[291] para que fosse descansar.

— Não posso... venho fugido.

D. Catarina rclanceou a vista por toda a sala, procurando esconder o filho, receosa de que o vissem de fora.

— Não quero esconder-me —, tornou ele, percebendo-lhe a intenção —; eu volto para lá... Eles conseguiram vir à terra... temos lutado muito!

— Os revoltosos desembarcaram?!

— Sim.

— Então você viu Pedrinho?

João abaixou aflirmativamente a cabeça.

— Nossa Senhora! Por que é que o não trouxe?

O soldado calou-se, suspirando baixo. A mãe repetia as perguntas, atropeladamente:

— Diga! Diga! Ele falou com você? Está bom? Não o feriram? Meu filho! Que saudade! Ele é tão fraco... é preciso que ele venha; quero os dois aqui, vá buscá-lo... Não, não! Eu nem sei o que digo... Espere... vou eu!

De repente D. Catarina estacou diante do rosto mudo e pálido do filho. Parou-lhe o coração no peito.

291 Insistiu.

— Por que é que você não diz nada?

O mesmo silêncio contrafeito.

— Responde, João! Pedrinho está vivo?!

A palavra custava a romper por entre os lábios do soldado, e foi ainda com um aceno de cabeça que ele disse que não.

D. Catarina caiu de joelhos, com as mãos juntas.

— Misericórdia! Misericórdia! Mataram meu filho!

Depois, erguendo-se, exigiu do outro que lhe dissesse tudo, e instava:

— Quem foi que o matou? Você não viu? Por que não defendeu seu irmão? Diga, quem foi que o matou, diga, diga!

João olhou para a espada, que lhe pendia do lado, batendo-lhe na perna.

A mãe não entendeu e repetiu:

— Meu adorado Pedrinho! Mas você não fala, João! Diga quem foi que o matou, diga tudo!

— Fui eu...

D. Catarina recuou espavorida; depois, avançando para o filho, bateu-lhe no peito, bem sobre o coração e bateu-lhe na cara, muitas vezes e com muita força. Toda ela vibrava na convulsão do desespero, e a voz que a dor tinha desafinado e enrouquecido, uivava e rugia a um tempo, como um cão que se lamenta ou uma fera que ataca.

— Maldito! Matar seu irmão! Você, que mamou nos mesmos peitos, saiu do mesmo ventre, nasceu do mesmo amor! Amaldiçoado... Caim[292]!

D. Catarina esmurrava o próprio corpo, à proporção que falava; e o filho ouvia-a calado, trêmulo. A mãe teimava por arrancar-lhe uma palavra ao menos e repetiu num desespero:

— Diga tudo, maldito. Por que foi que você o matou, por quê?

— Pela pátria!

— Pela pátria! — repetiu ela, rindo, raivosamente. — A pátria sou eu! Eu que sofri, e que só vivia do vosso amor! Isto não é guerra por amor da pátria: eu sei o que dizem por aí. Eu sei! Infame, maldito... some-te da minha vista, Caim! Caim!

D. Catarina caiu sem um soluço. João levantou-a, fê-la voltar a si e, de joelhos, chorosamente, contou-lhe tudo. Matara o irmão na

292 Personagem bíblico, filho de Adão e Eva, que mata seu irmão Abel.

treva, na desordem da luta, corpo a corpo. Por que viera o Pedro para ele com tanta fúria e arreganho[293]? Matara quem o queria matar, defendera-se... porque, jurava, só conhecera a voz do irmão ao ouvir-lhe o ai derradeiro. Foi então que procurando fixá-lo, viu-o deitado de costas, com os braços abertos e o peito estreito arquejando no desprender da vida.

Catarina repetiu:

— Amaldiçoado!

João concluiu: viera despedir-se da mãe, pedir-lhe que lhe perdoasse... Mais nada. Voltava para o combate.

A mãe não procurou retê-lo, e ele saiu chorando.

O soldado não voltou à casa materna...

D. Catarina começou a perdoar-lhe quando teve medo de perdê-lo.

Um dia, já muito sobressaltada, saiu para ir buscá-lo, num alvoroço, sem saber como perguntar por ele; mas logo no meio da estrada esbarrou com uns soldados que lhe disseram cruamente a verdade: o João tinha sido baleado e fora levado com outros, num montão de cadáveres.

O dia estava sombrio, uma manhã cinzenta e chuviscosa. Os soldados passaram. D. Catarina ficou imóvel, com os olhos na onda verde que vinha desfazer-se na escumilha[294] fofa da espuma, à beira do caminho silencioso.

Ela tinha-o amaldiçoado... lembrava-se só daquilo. O João estava decidido a morrer... fora-lhe solicitar o perdão e só tinha ouvido em troca as palavras:

— Maldito! Caim!

O vento agitava-lhe o xale preto, que se abria em asas de corvo, e D. Catarina, alongando a vista, julgou ver ao longe os espectros dos filhos, com os braços hirtos, muito erguidos para o céu inclemente e as bocas articulando sem voz, num esforço medonho:

— Pela pátria! Pela pátria!

Batendo então com as mãos fechadas no peito fundo, D. Catarina, no seu egoísmo materno, respondeu-lhes, gritando em arrancos de louca:

— Calai-vos, ingratos! A pátria sou eu! Sou eu! Sou eu!

293 Desafio, ameaça, intimidação.
294 Tecido fino e transparente.

O DR. BERMUDES

A Raimundo Correia[295]

Hão de crer? Encontrei esta manhã o Dr. Bermudes, aquele velho boêmio incorrigível, com o seu legendário casacão ruço, as botas cambadas[296], o colarinho sujo, e o seu ar de fome, olhando pasmado para uma vitrine de bonecos!

Quem não sabe da crônica do Dr. Bermudes? Conhece-a o Rio de Janeiro em peso, desde os lentes da academia, de quem ele fora condiscípulo, até aos caixeiros dos botequins que o levam para o relento das calçadas, a horas mortas da noite, quando as estrelas brilham no céu sobre os telhados mudos da casaria adormecida.

O Bermudes está velho, tem perto de cinquenta anos, e a ventania da desgraça pôs-lhe na pele tons de cobre sujo, e manchas de neve naquelas barbas, que mais parecem ervas hirsutas[297] de uma brenha[298]. Credo!

Quem dirá que aquilo já foi moço, galante, garboso, rico, correndo às aventuras arriscadas, sempre bem vestido e bem falante,

295 Raimundo Correia (1859-1911) foi um poeta brasileiro, estreando na literatura em 1879 com o livro "Primeiros Sonhos", inserindo-se ainda no Romantismo, antes de de dedicar ao Parnasianismo, onde se destaca a obra "Sinfonias" (1883).

296 Tortas.

297 Crescimento indesejado de pelos longos, rijos e espessos.

298 Matagal, selva.

enamorando as mulheres com a doçura dos seus olhos, e o espírito dos homens com a faísca das suas palavras ardentes e bombásticas?

A sua passagem deixou rastro na academia; citam-se ainda frases suas e feitos de arreganho em que entrou sempre uma alevantada ideia de justiça. Trazia capa e espada na alma, já que os tempos burgueses não as permitiam no corpo. O Bermudes era um D. Quixote, mas novo, bonito, com uma voz que arrastava a gente e cada gesto, cada ideia, de quem tudo domina e nada teme.

Eu conheci-o ainda nos bons tempos da D. Jacinta, a tia velha, que lhe dava dinheiro e o mantinha naquelas doidices da mocidade, com o brilho que a sua imaginação requeria.

E ele aproveitava. Só fumava do bom, comia como um príncipe, e das suas mãos finas as esmolas caíam, como chuvas de verão, no regaço dos pobres. Sujeita, como tudo, às leis da natureza, a D. Jacinta foi muito quietinha para o cemitério, numa formosa tarde de inverno, dessas de nuvens de ouro e de roseiras em flor.

Pela escadaria de pedra do jardim, quantas abas negras de sobrecasacas flutuaram, a caminho das reverências ao Dr. Bermudes, o belo Bermudes, único herdeiro daquela velha milionária? E ele lá estava, na capela ardente, pálido, com a face compungida e as lágrimas luzindo-lbe nas pupilas Era só então: "Sr. Dr. Bermudes!" — "Sr. Dr. Bermudes!"

Muito respeito, muita piedade e grandes condolências... Lá de um cantinho, o tabelião Taveira, com a papada de porco untando de suor o colarinho e o peitilho da camisa, sorria por dentro, no mistério do seu ofício, daqueles dizeres de tantíssimas bocas. Ele lera ao Bermudes, horas antes, o testamento da tia. A idiota não deixara nem um vintém ao sobrinho; ia toda a fortuna para a sua irmandade de S. Francisco. E o Bermudes nem estremecera. Era como se fosse tudo muito natural.

Acabada a leitura, ele ergueu-se e dirigiu-se para o catafalco[299]. O tabelião e as testemunhas pularam, julgando que no rostinho mirrado do cadáver caísse vingativa e irrespeitosamente a mão do Bermudes. Não; ele fora sacudir as moscas, que faziam por entrar na boca de onde só orações tinham sabido havia longos anos.

299 Estrado alto onde se colocar o caixão durante um funeral.

E ninguém mais falou em tal. A velha, que o acostumara aos regalos de uma vida de luxo e dissipação, deixou-o sozinho na miséria. E só o seu confessor sabia as razões disso...

Bermudes ficou sem ter onde dormir, nem onde comer, girando por essas ruas, alegre com uns, condoído de outros, sem rancores, aceitando o jantar de um amigo, o leito de outro, coisas de empréstimo, que foram rareando pouco a pouco, até que se acabaram de todo...

Ele deixou assim de ser o homem de sala para ser o tipo da rua. Atez-se às más companhias e ao mau vinho. E quando bebia sonhava que a tia Jacinta voltara da viagem e que tinha outra vez o seu grande leito de dossel[300] com sanefas[301] de púrpura, e o seu chocolate quente com pão-de-ló, trazido pelo criado, o mulato Candinho, antes do banho, nas suas manhãs preguiçosas. Quando o Bermudes acordava da bebedeira, via que o colchão não era o seu antigo, de paina de seda, desfiada pelas crioulas da casa, mas sim o lajedo[302] da rua imunda. A decepção abria-lhe vontade de beber outra vez, e ele bebia para sonhar com os regalos fornecidos pela defunta velhota.

Ainda há senhoras por aí que bem se lembram de ter valsado com ele, o que era um prazer delicado. De uma sei eu que, quando o vê, volta o rosto e sente estragado todo o prazer do seu passeio. Embora a filha lhe pergunte: — Mamãe, por que ficou triste? — Ela não lhe responde e vai andando... Vai andando com a ideia presa à lembrança de outros tempos, quando o Bermudes, moço, rico, estimado, ia vê-la todas as tardes, chamando-a — minha noiva, mesmo nas bochechas do papai e da mamãe... E daquela voz do Bermudes nunca ela se esquecera, nem depois, quando outro homem lhe deu o mesmo título, na mesma casa, ao lado das mesmas pessoas! Ela também já tem os cabelos brancos, mas, porque é rica, como cheiram bem os seus vestidos de seda e os seus manteletes à moda! O marido nunca lhe soube dizer que a amava, como o Bermudes, que lhe plantara na alma um canteirinho de flores odorantes; mas que luxo lhe dava, santo Deus!

300 Armação de madeira sobre o leito com o objetivo de proteção ou ostentação.
301 Tira de tecido que ornamenta a parte superior de uma cortina.
302 Solo, lajeado.

O Bermudes é que a não conhece; esqueceu-a, perdoando-lhe assim generosamente... e por aí anda com o seu casacão roto[303], e os seus passos trôpegos, em que entra já o tremor do alcoolismo...

Um dos seus divertimentos, ora vejam!, é ir postar-se em frente às vitrines de bonecos, com uma atenção que nada abala. Sorri para as pastorinhas de avental e chapéu de palha, para os *clowns*[304], para os velhos do Natal, para os bebês das caixas armadas a rendas e cetins, para os velhos sapateiros batedores de sola e para as carrocinhas tiradas por um burrinho gordo.

A gente da loja já o quis enxotar, dizendo que ele afugentava a freguesia. Entretanto, Bermudes sorri com as crianças que passam, porque, como as crianças, ele sempre amou a ficção. E há de amá-la, até que um dia... Vão ver que a tarde em que o levarem para a sua última cama, não há de ser tão bonita como aquela em que levaram a velha tia Jacinta!

303 Esfarrapado, rasgado.
304 Traduzido do inglês: palhaços.

A VALSA DA FOME

Quando o pianista Hipólito entrou na sala, houve um sussurro de contentamento. Era preciso romper aquela monotonia, as moças estavam mortas por dançar.

Dentro de uma velha casaca ensebada, com o pescoço hirto e as grandes mãos balançantes, ele dirigia-se para o piano a largos passos, com as narinas dilatadas e o queixo muito agudo, cortando o caminho como uma proa de navio virada para o porto desejado.

Houve quem risse; ele era tão magro, ia tão amarelo e com tão viva chama nos olhinbos pretos, que uma senhora, uma dessas senhoras espirituosas e amigas de fazer comparações, perguntou a um amigo:

— Quem teria tido o esquisito gosto de vestir de homem aquela tocha funerária?

Logo o interrogado, rapaz gordo, metido a literato, com o peito florido por uma gardênia imaculada, respondeu:

— A fome. Foi a fome que lhe envergou aquela casaca pré-histórica e lhe amarrou ao pescoço, com verdadeira gana de o enforcar, aquela gravata branca. Só ela, a maligna, o faria entrar neste salão burguês para divertir as moças. Porque, fique sabendo a minha senhora e amiga, aquilo que está ali é um artista. A fome tem muita força para trazer um animal daqueles, todo nervos, para um lugar destes. Só pelo freio!

— Oh!

— Não se escandalize e repare-lhe para a nodosidade[305] dos dedos. Valentes, formidáveis, não? Pois vai ver: roçam pelo teclado como uma ponta de asa pela superfície de um lago. Hão de me agradecer o tê-lo trazido cá...

— Ah, foi o senhor...

— Fui eu; por um acaso... Imagine que fui ontem encarregado de contratar o pianista para a festa, e que só hoje, à última hora, me lembrei da incumbência!

— Sempre o mesmo! Aquele senhor, então, veio remediar uma falta...

— E preencher uma lacuna. Com duas palavras vou fazê-la interessar-se por ele. Tinham-me dito que o Hipólito, chama-se Hipólito, vendera o piano há cerca de uns seis meses, para fazer o enterro à irmã, única pessoa da família que lhe restava ainda, e que morreu de penúria com outras complicações... Conheci-a, era um lírio; tanto este é de bronze como a outra era de cristal. Amavam-se como nunca vi; ele tocava-lhe as suas composições e ela entendia-o, ia até ao fundo do seu pensamento, numa admirável intuição de arte, toda feliz, toda orgulhosa daquele irmão. Através do seu corpo diáfano, como que se lhe via a alma iluminada e radiante. Era muito branquinha, muito branquinha... Pobre pequena! Desde que ela morreu, sumiu-se o Hipólito. Naturalmente, por mais que ele nos divertisse e nos fizesse falta, não o quisemos perturbar na sua mágoa. Compreendo que para um homem não há amor tão doce como o de uma irmã, nem que maior saudade possa deixar... Perdi assim de vista o meu maestro, até que, desabituado, não me tornei a lembrar dele, quando hoje, de repente, na ocasião mesmo em que eu me esbaforia atrás de um pianista para a *soirée*[306] da minha tia, encontrei-o cabisbaixo, contemplando as ruínas dos botins[307]. Pareceu-me um santo; agarrei-o com a possível veneração e fiz-lhe a minha súplica com tal ardor que ele acedeu trêmulo, numa ansiedade febril, titubeando:

— Há seis meses que não toco, desde que ela morreu... sabe? Não tenho piano, não frequento casas de música. Cavo a vida por outros modos... mas estou com saudades, muitas saudades!

305 Saliência, nó.
306 Traduzido do francês: apresentação noturna.
307 Botas.

Tinha a boca seca, senti-lhe o hálito ardente; convidei-o para tomar um chope.

— Não; tenho medo — respondeu-me. — Estou com fome.

— Mais uma razão para ires tocar à casa da minha tia — respondi-lhe. — Lá matarás a fome a peru trufado e as saudades do piano num excelente *Bechstein*. Se não fosse tão tarde... Tens casaca?

— Não tenho nada.

— Há aí umas casas que alugam disso. Apressa-te; às dez horas deve romper a primeira valsa e já são oito. Toma o dinheiro para a casaca; comerás lá em casa. Foi tudo o que eu disse, à pressa, pensando em ir preparar-me também. E ele arranjou-se, não sei em que guarda-roupa, mas com uma brevidade que me espanta, visto que eu começava a temer... Sim, com dinheiro no bolso, em vez da casaca, ele tinha razões de esfomeado para dar preferência a um jantar de restaurante... Não lhe parece?

— Parece. Vê-se que gosta mais de contentar a alma do que de satisfazer o estômago.

— Artista. Depois da primeira valsa vou fazê-lo cear... Por Deus! Adoro estas organizações!

— Tem um certo sabor, a sua história; mas agora diga-me com franqueza, não receia que esse senhor heroico nos toque uma marcha fúnebre em vez de uma contradança? Olhe para ele!

— E a senhora ri-se!

Hipólito sentava-se. As abas da casaca pendiam-lhe murchas e amarrotadas, como duas asas de urubu doente. As suas mãos trigueiras, que o exercício do teclado desenvolvera, caíram sobre o marfim do piano num gesto ávido, de posse. O busto ossudo e longo arquejou-lhe num soluço abafado e duas lagrimazinhas ardentes subiram-lhe aos olhos áridos. Ninguém as viu; todo dentro de si, ele escutava, maravilhado, os sons que ia ferindo e que se seguiam em revoada, como um bando de aves libertadas de repente de uma clausura longa...

Rolaram notas macias, num prelúdio que foi como que uma carícia por todas as teclas, e desse prelúdio nasceu uma valsa, ora ritmada em graves, ora desdobrada em harpejos que iam e vinham num movimento doce e embalador.

Atrás dele já rodopiavam os pares. Carnes acetinadas, dos colos e dos braços nus, iluminadas pela poeira lúcida da brilhantaria, roçavam palpitantes o áspero pano das casacas. Ia crescendo o número de pares. Manchas azuis, róseas, brancas e violáceas, giravam diáfanas, ora aqui ora ali, como nuvens do crepúsculo balançadas pelo vento.

Inebriado, num gozo estático, Hipólito admirava-se que o piano obedecesse ainda tão bem aos seus dedos nervosos e à sua inspiração. A saudade da arte, a saudade dolorosa que havia tanto o pungia, desafogava-se enfim! Seria um sonho aquilo? Nunca a sua imaginação fora tão fresca nem tão abundante. O repouso dera-lhe novas forças; o sofrimento subtilizara-a.

Assim, Hipólito abstraía-se; ia perdendo pouco a pouco a noção do lugar.

A valsa seguia o seu curso, criando a cada compasso novos motivos, que nascendo uns dos outros, se avolumavam de pequeninas fontes em cascatas, onde as melodias flutuavam como flores na torrente para se submergirem em harmonias, compactas e nunca repetidas.

E como aquela saudade não se contentava, a música era infindável.

Algumas pessoas paravam extenuadas, mas vinham logo outras; dançava-se sempre, até que vozes impacientes gritaram:

— Basta! Basta!

Não bastava. O artista, insaciado, não ouvia ninguém. Todo curvado, anhelante[308], com os joelhos pontudos erguidos alternadamente pelo movimento dos pedais, os cotovelos magros unidos ao corpo trêmulo, as mãos enormes, ora leves como plumas, ora pesadas como ferro, na brancura do marfim, ele aspirava entontecido aquela música nascida do seu cérebro e da sua alma, tal como se ela fosse um aroma intenso que o perturbasse e ainda assim quisesse absorver.

Todos na sala olhavam para ele com pasmo, na vaga percepção de um mistério divino. Já nenhuma voz dizia: — basta! Os lábios entreabriam-se de espanto, mas em silêncio.

Que música nova seria aquela, onde os sons borbulhavam num fervor contínuo, marulhando como a onda ou rompendo em remígios[309] de aves gorjeadoras? Que música seria aquela, para levar de roldão, no leve compasso da valsa, risos e agonias, badaladas de sinos, frases de loucos e suspiros de amor?

308 Que denota desejo intenso.
309 Penas mais compridas das asas.

Na densa espiritualidade daquele poema, sentia-se ofegar uma ânsia irrequieta, humana, de perfeição. O suplício de a atingir arrastava-se como um desejo eterno, sem esperança...

Pálido, convulso, sem sentir a fome que o dilacerava, o pianista agitava-se, transfigurado, com os olhos lacrimosos e a fronte enluarada.

Dos seus dedos, fortes como raízes nodífloras[310], desabrochavam cachos de modulações, e ele vergava-se todo, como se por vezes quisesse beijar o piano.

Havia mais de uma hora que durava aquela valsa, e Hipólito tocava sempre, exuberante, num alheamento místico, de sonho. Tocava já sem as blandícias[311] dos primeiros compassos, já sem os esboços fugazes de motivos em sucessivo abandono, mas num esforço de vitória suprema, num desdobramento febril de sons que faziam do piano uma orquestra e da valsa uma marcha de triunfo.

Levantaram-se todos, lívidos de espanto. A solenidade daquela loucura, e a concepção de uma obra de arte e sua simultânea execução, produziam em toda a gente o arrepio do gozo e o silêncio do pasmo. Arquejante, surpreendido pela magnificência da sua criação, Hipólito, desvairado, alterou o compasso, desenvolvendo um trecho de sonoridades amplas, numa alegoria à Glória, digna de uma cantata[312].

Sem ver ninguém, ele recebia o influxo da admiração de todos. As luzes irradiavam como o sol, a atmosfera carregada de aromas entontecia-o, e a fome estorcegava-lhe[313] o estômago, fazendo-lhe escorrer pelas costas e os membros um suor de vertigem.

Não podia mais, vinha o cansaço, os pulsos amoleciam-se-lhe, uma nuvem escura ia-lhe a pouco e pouco toldando a vista... Feliz, naquela reconquista, ele teimava, teimava, cada vez mais fraco, já inconsciente, com os dedos erradios no teclado, de que levantava agora uma revoada de sons alucinados e confusos. Reaparecia o ritmo da valsa arrastando harmonias desacordes, nascidas ao acaso das mãos bambas...

310 Cujas flores nascem dos nós.

311 Ternura, afeto.

312 Tipo de composição vocal, para uma ou mais vozes, com acompanhamento instrumental e de inspiração religiosa.

313 Torcia, beliscava, magoava.

O auditório, que o aclamara, começava a rir, ao princípio baixinho, depois mais alto, mais alto, até à gargalhada franca e brutal, quando, repentinamente, se calou assustado.

O rapaz da gardênia, com os olhas cheios de água, correu a acudir a Hipólito, que desmaiara sobre o piano.

O FUTURO PRESIDENTE

Uma... duas... três... quatro... e as horas foram soando numa lentidão de relógio velho, até a décima pancada.

Era noite; pela janelinha aberta, do sótão, via-se um pedaço do céu estrelado, e nada mais.

No interior, havia um lampião de querosene sobre uma mesa de pinho; um armário sem vidros, com cortinas de chita; cabides, máquina de costura e uma ruma[314] de caixas de papelão empilhadas num canto.

Junto à mesa uma mulher mal tratada, magra, de olheiras fundas e dedos calejados, curvava-se para diante, pregando botões numa camisa para o Arsenal[315].

Ao pé dela, num berço de vime, dormia regaladamente um pequerrucho, gordo e trigueiro, com a cabeça enterrada na almofada e as mãozinhas papudas e abertas, espalmadas sobre a colcha vermelha.

Além do *tic-tac* do relógio, só se ouviam os estalidos da agulha e a respiração regular da criança.

A mãe de vez em quando tirava da costura o seu olhar cansado e deixava-o cair sobre o filho. Os seus olhos verdes perdiam então

314 Pilha.
315 Local onde se fabricam e armaezenam instrumentos militares.

pouco a pouco a névoa de tristeza que os tornava sombrios, até irradiarem com a limpidez das esmeraldas sem jaça[316].

O marido tardava; talvez passasse a noite toda fora, vigiando a linha dos bondes, com a sua lanterna de cores, e ela aproveitaria o tempo para coser e adiantar serviço; a vida é tão cara e eles ganhavam tão pouco...

Pensando na dificuldade de se sustentarem, lembrava-se do bom tempo em que o marido era forte e ativo; agora o desgraçado tinha só uma perna e o juizo já não era como dantes... enfim, ajudava-o ela; e daí a alguns anos haveria mais alguém a auxiliá-los.

Esse *mais alguém* continuava a dormir tranquilamente, com as duas mãozinhas abertas sobre a colcha.

Entretanto, a imaginação da mãe ia-lhe abrindo um caminho florido e largo através do misterioso e impenetrável futuro.

Com a costura caída nos joelhos, a cabeça voltada para o berço, ela dizia mentalmente:

— Ele há de ser bom, há de ser amado por toda a gente... haverá alegria nos olhos que o virem, e todas as mãos se estenderão para apertar a sua mão honesta! Meu filho! Como ele dorme! Como ele é bonito! Hei de ensiná-lo a ser caritativo... mas como? Se nós somos tão pobres... Não faz mal, há de se arranjar um meio de o fazer dar esmolas! Será abençoado assim pelos infelizes! Coitadinho!Chorou tanto hoje!... Faltou-me o leite, talvez... com esta vida de trabalho, não admira! E tão manso que ele é! Pobre criança!... Pobre... pobre! É preciso que ele seja rico, para ter completa a felicidade! Isso é que há de ser mais difícil... e daí, quem sabe? Talvez não...

O pensamento ficou-lhe suspenso nessa ideia; com um suspiro de desalento voltou à costura, e os seus olhos foram-se enturvando. Também o marido tinha tido grandes esperanças de fazer fortuna; também ele arquitetara castelos de ouro e cristal, e deitara-se ao trabalho com amor e coragem; também ele era probo[317], e digno, e leal, e aí estava agora quase inutilizado, desde que a maldita máquina de um trem lhe esmigalhara uma perna, mudando-lhe o seu gênio desembaraçado e viril, por aquela atual inércia, doentia e triste!

316 Falha, imperfeição.
317 Honrado, honesto.

A que está sujeita a gente de trabalho rude! Ela que, desde pequena, se mostrava tímida, encolhida pelos cantos, séria e franzina, era quem mais lidava e com maior ânimo, agora! O seu esforço seria compensado? Poderia levar ao fim a criação do filho? Chegaria a vê-lo homem, bem educado, poderoso, feliz?

Lembrava-se de que, da última vez que tinha levado roupa ao Arsenal, ouvira num bonde, entre dois sujeitos velhos e bem vestidos, uma conversa que lhe causara impressão.

Falavam de pessoas de condição humilde, quase desprezíveis muitas vezes, mas cuja inteligência, atividade e esforço conquistaram coisas estupendas no mundo das artes, no mundo da ciência e no mundo da política! Aludiam encomiasticamente a um rachador de lenha, que foi chefe de estado; a um filho de um tanoeiro[318] que chegou a marechal de França e a príncipe; a um tecelão, nascido num subterrâneo, que foi um grande botânico... e a outros assim.

Essa gente toda era apontada na História pelo seu valor extraordinário, tendo alcançado, a par de grandes fortunas, o respeito universal!

Enquanto esperava que lhe recebessem o número, no Arsenal, ia repetindo de si para si a conversa dos velhos, a tal ponto que a chamaram de distraída...

Distraída! O que ela estava era cogitando no futuro do filho!

Interrompeu de novo a costura, deu mais luz ao candeeiro[319], dobrou umas camisolas já prontas, e recostou-se um pouco, descansando as costas que lhe doíam. O pequenito moveu-se; ela arranjou-lhe a coberta delicadamente, para o não acordar, e pôs-se a olhar para ele num êxtase.

— Há de ser formoso, há de ser amado! Virá um dia em que o solicitem outros amores, em que a paixão de uma mulher o atraia a ponto de esquecer-me! O sacrifício que eu faço, as dores que sofri, as forças que eu esgoto amamentando-o, tendo-o ao colo, perdendo com ele as noites, serão coisas ignoradas, ou de que ele não faça senão uma ideia incompleta! Meu filho! Como eu já tenho ciúmes dessa outra que lhe há de absorver toda a intensidade do seu afeto! Mas não; ela será toda meiguice e amor, ela ajudar-me-á

318 Aquele que fabrica barris, tonéis.
319 Objeto destinado a iluminar, abajur.

a fazê-lo feliz!... Ele é inteligente... ele terá mesmo um talento notável! Será grande; será respeitado... chegará aos cargos mais altos... meu filho! Como ele é inocente! Como ele é puro!

Qual será o meu orgulho ouvindo chamarem-no: "Senhor doutor!" e vendo-o deputado, a falar nas câmaras, com muita nobreza e distinção, correto, simpático e justo! Depois... se isto chegar a ser República, como andam a dizer por aí, por que não será meu filho o presidente?

Neste ponto, os olhos da pobre mulher lampejaram de alegria; as suas grandes pupilas verdes tornavam-se verdadeiramente luminosas, atravessadas por uma alegria ofuscante, como se a sua alma fosse um intenso foco de luz!

Presidente!... Presidente!... Sim, ele será presidente! Quando passar pelas ruas toda a gente o cumprimentará; e os ministros, fardados e veneráveis, curvar-se-ão diante dele como respeito devido a um superior, nos grandes salões de um palácio onde ele habite. Terá carros luxuosos, cavalos e criados... À sua voz abrir-se-ão as prisões, os hospitais, os asilos, todos os edifícios onde a desgraça more! Clemente, consolará os tristes, levando-lhes no seu conselho ou no seu perdão a esperança e a ventura! As mães atirarão flores a seus pés; os moços saudá-lo-ão alegremente e as crianças cantarão hinos agradecendo a sua proteção, o seu amparo, a sua simpatia. A todos os recantos escuros descerá o seu olhar luminoso! Para cada chaga terá um bálsamo, para cada mágoa um consolo, para cada vício uma reabilitação! A cadeira de veludo que lhe destinarem em todos os lugares em que tenha de comparecer, quer seja um lugar de festa, quer seja um lugar de dor, será sempre cercada de flores, atiradas aí pela multidão compacta do povo, que o proclamará, unanimemente, o melhor dos homens!

Sim! Meu filho será o melhor dos homens! Triunfante, poderoso, altivo, belo, adorado, há de levar-me pelo braço, a mim, velha, caneada[320], trêmula, e dirá à vista de toda a gente, sem se envergonhar da minha figura nem da minha ignorância:

"Esta é minha mãe!"

320 Embriagada.

A costura do Arsenal caíra no chão; a visionária mulher tinha lágrimas nas faces, lágrimas de júbilo que aqueles pensamentos lhe davam. Nervosa, histérica, doente, deixara-se embalar de tal maneira pelas douradas quimeras[321] daquele sonho irrealizável, que o julgava já exequível, certo.

Voava pelo azul de sua fantasia, quando ouviu na escada os passos irregulares do marido, batendo nos degraus com a sua perna de pau.

Correu a abrir a porta.

O homem entrou carrancudo, confessando logo, à queima roupa, estar sem emprego... Implicâncias e queixas de um fiscal... guardava as explicações para o outro dia; estava cansado. Deitou-se e adormeceu.

A esposa, arrefecida, gelada por semelhante notícia, voltou para a costura; duplicaria o seu esforço, faria serão até mais tarde, talvez toda a noite...

No entanto o relógio cansado ia batendo, uma... duas... três... quatro... até a décima segunda pancada da meia noite; e no bercinho de vime dormia regalado o *futuro presidente,* com a cabeça enterrada na almofada e as mãozinhas papudas espalmadas sobre a colcha de cor.

321 Fantasias, utopias.

O ÚLTIMO DISCURSO

A Coelho Neto[322]

Dr. Paula Guedes, muito velhinho, sumido entre os almofadões do seu grande leito de peroba, com os pés aquecidos por uma botija de água quente, a camisola de flanela bem abotoada no pescoço, delgado e rugoso como um galhinho seco; as mãos mirradas sobre a colcha de lã, a fronte já tocada de uns tons da amarelidão cadavérica, os lábios murchos sob o musgo branco do bigode queimado, as pálpebras descaídas, mal ouviu a neta dizer-lhe que havia ali um ofício dirigido a ele, sentiu logo um calorzinho entrar-lhe na alma fria.

Ainda não o tinham esquecido!...

E, com um fio de voz fragilissimo, reclamou logo:

— Os meus óculos! — Postos os óculos, disse radiante: — É do Instituto! E apalpava o papel grosso onde o dístico[323] daquela corporação aparecia em letrinhas negras.

A neta, em pé ao lado da cama, observava-lhe com espanto a mudança da fisionomia. As pálpebras até então fechadas numa sonolência que parecia o ensaio para o grande sono, levantavam-se

322 Henrique Maximiliano Coelho Netto (1864-1934) foi, junto com Júlia Lopes de Almeida, o escritor que mais vendeu livros nas primeiras décadas do século XX, sendo considerado o Príncipe dos prosadores brasileiros. Ocupou a cadeira 2 da Academia Brasileira de Letras. De sua vasta obra destacam-se romances, como "A Esfinge" (1908), contos e peças de teatro, como "O Patinho Torto".

323 Emblema, lema.

agora, deixando que das pupilas, há pouco amortecidas, saíssem novos lampejos, como mosquinhas loiras bailando no ar.

— Hum... hum! É do Instituto... ainda não me esqueceram... sempre faço alguma falta...

Todo o corpo do doente se movia sob a grande colcha felpuda, onde não faria menos volume o esqueleto de um menino de dez anos.

A neta ofereceu-se para a leitura.

— Não; depois! Espera... corre a cortina... a luz está má.

— Assim?

— Assim.

A leitura começada foi logo interrompida.

— Hum!... hum!... abre a janela.

— Vovô, vamos ter chuva; há tanta umidade que nem parece uma manhã de verão.

— Não faz mal, abre a janela.

— Mas... vovô!

O Dr. Paula Guedes, que tomara na véspera os sacramentos, como bom católico-apostólico-romano, todo purificado pela absolvição, rompendo a inércia dos seus oitenta e três anos e daquela doença que o fazia tiritar[324] de frio em pleno fevereiro, gritou em um falsete irado:

— Abre a janela!

A janela abriu-se. A araucária e os pés de camélia plantados perto de casa gotejavam orvalho; para além nada se via: tudo era branco.

— Aqui na Tijuca estes nevoeiros de verão prognosticam dias formosos — disse o doutor com um sorriso, desdobrando o ofício.

Era um convite. Pediam-lhe que fosse ele o orador na grande solenidade que o Instituto realizaria daí a um mês em homenagem ao tricentenário de Anchieta.

Então é que o enxame das mosquinhas de ouro torvelinhou doidejante. Meu Deus! O Instituto, o centro das grandes capacidades do país, dos nomes mais respeitados e queridos do império e da república, aquele ninho de inteligências perfeitamente dirigidas, de ministros, conselheiros, marechais, historiadores e grandes homens de letras, precisava dele, do apoio da sua voz, do fulgor da sua

324 Tremer.

ilustração? Que honra, que doce consolo aquele que lhe ia bater à porta nas últimas horas da sua vida, exatamente quando ele curtia a amargura de pensar que tinham há muito posto sobre o seu nome uma pedra ainda mais pesada do que a outra que botariam em breve sobre o seu corpo!

Alvoroçado, releu o ofício, passou-o à neta, ouviu-a ler de novo; mandou chamar a família inteira, comunicou-lhe o sucesso, com ar rejuvenescido, contente.

Ele faria por aceder ao convite!

Opuseram-se todos. Seria a sua ruína; que dormisse descansado, sem atormentar a imaginação.

Que se lembrasse dos conselhos do médico... e que mais isto e que mais aquilo...

Falassem para ali! Ele já nada ouvia. Escorregou nos seus travesseiros, fincou o olhar na cúpula do cortinado, e, nem mais palavra.

Fecharam a janela, aconchegaram-lhe ao corpo mirrado as dobras da colcha, cerraram o cortinado e — *chut!* — saíram em bicos de pés.

No seu grande leito, o Dr. Paula Guedes, muito branquinho e engelhado, de mãos postas, tal e qual como na véspera, quando a visita de Deus entrara no seu quarto, via desfilar o cortejo extraordinário dos grandes vultos da história.

Galeras[325] a todo o pano singravam as ondas aniladas com rumo às terras formosas em que soavam a língua dos Tupis e a língua dos Guaranis.

O espírito do velho Dr. Guedes lá se remontou a 1553, sorrindo ao vulto pálido e severo do moço Anchieta, acompanhando-o pelas selvas negras e as montanhas pedregosas, vendo-o escrever os seus versículos sacros e arrebanhar crianças para as procissões.

Começou então a pensar na construção do seu discurso. Dividi-lo-ia em grandes períodos, com toda a sua minúcia e caturrice[326] acadêmica; deveria ser uma peça substanciosa, por vezes anedótica, mas sempre elevada. O seu maior empenho era o de fazer este discurso mais brilhante que todos os outros que tinha deixado atrás de si, espalhados pelas salas, pelas revistas e pelos arquivos. A palavra

325 Navios movidos a remo.
326 Teimosia.

entontecia-o, arrastava-lhe o pensamento na sua torrente macia, onde as ideias lampejavam como fagulhas imorredouras.

O orador começava a achar intolerável a demora no leito. Veio--lhe a saudade das suas estantes, do conforto da sua biblioteca, da comodidade da larga secretária, tão afeita ao peso do seu braço amigo.

Já não sentia frio, já não lhe doíam os membros lassos, quase inertes; aquele convite do Instituto fora a providência; trouxera--lhe um pouco de mocidade; era uma resurreição!

Oh! O Instituto não se esquecera... estava tranquilo: deixava um nome, faria falta!

Trouxeram-lhe leite; bebeu-o de um trago e reclamou papel e lápis.

Houve rumor em casa. Consultaram-se uns aos outros. Dariam o lápis? Dariam o papel? Uns diziam que sim, outros que não; e entretanto ele, murcho e débil no meio dos seus almofadões, coordenava as suas memórias históricas, organizando uma obra digna do assunto, com um pouco de fantasia que lhe adoçasse a sobriedade dos dizeres clássicos, em português bem literário e castiço[327], como se presava de escrever.

Trouxeram-lhe afinal papel e o lápis, e a pouco e pouco foi-se o leito juncando[328] de livros, arquivos, glossários, volumes de história.

O Dr. Paula Guedes já não carecia da botija de água a ferver para os pés; um calor confortativo de vida alastrava-se por todo ele, em uma febre doce, que punha cada vez mais aceso o enxame de mosquinhas de ouro dos seus olhos encovados.

— Cada louco tem a sua mania — resmungava a família descontente, com medo daquele trabalho penoso para um corpo sem sangue, prestes a cair.

Entretanto o discurso ia indo, caudaloso[329], nos moldes velhos a que o orador se acostumara e que considerava, como bom retórico[330], os únicos capazes de bem levantar as almas.

O milagre fez-se. O velhinho parecia ter adiado a morte, e levantou-se oito dias antes da grande solenidade, com o seu discurso

327 De qualidade.
328 Cobrindo, alastrando.
329 Em abundância, rico.
330 De estilo empolado, afetado.

arquitetado e as mãos cheias de notas que ele coordenou na grande secretária da sua biblioteca.

Tudo concluído, recomendou às filhas que lhe preparassem o terno da casaca, as luvas e a gravata branca, mais as suas comendas[331] que ele, grande respeitador das velhas instituições, usava sempre nas funções solenes.

Naquela febre, todo voltado para o ideal e para a história, o velho Dr. Guedes rejuvenescia, como se mão misteriosa o ajudasse, invisivelmente, a caminhar na vida.

Dias antes da cerimônia quis ensaiar-se e experimentar o seu fato, há tanto tempo guardado no fundo escuro do armário.

Preparou-se; o corpo nadava-lhe dentro do pano preto; e dentro do colarinho engomado, o seu pescocinho fino mal parecia dever sustentar-lhe a cabeça branca, recheada de ideias e de imagens gordas.

Para que o ensaio fosse completo, abriu-se o salão da frente, acenderam todas as arandelas[332], e os filhos e netos sentaram-se disseminados, como se com a dispersão parecesse aumentado o auditório.

Dr. Guedes entrou com passo firme, à força de energia, sorriu, fez a mesura do estilo: — Minhas senhoras! Meus senhores! — e, folheando os seus manuscritos, começou a falar em voz fraca, espalmando no ar a mão direita, cnquanto a esquerda carregava as vinte e seis tiras do papel almaço.

O seu primeiro discurso não o comovera tanto. É que ele agora julgava-se esquecido, perdido da memória dos seus contemporâneos e daquelas gerações que tinham sucedido à sua, com menos brio e piores armas. Agora estava consolado: o Instituto lembrava-se, e o Instituto valia tudo!

Com as condecorações reluzindo-lhe no peito magro e fundo, o Dr. Guedes procurava dar gravidade ao gesto e sonoridade à voz; mas os óculos descaíam-lhe, a vista faltava-lhe e a palavra perdia-se em um som rouco e débil. Ele mal percebia tudo isso, aproximava-se da luz, sustinha com os dedos trêmulos o aro de ouro dos óculos... E as filhas choravam, constrangidas, muito caladas, engolindo as lágrimas.

331 Condecorações, prêmios.
332 Aparelho de iluminação preso à parede.

Quase no fim, em um dos seus melhores períodos, em que ideias e palavras desabavam com fragor de catadupa[333], ao esboçar um gesto, o doutor Paula Guedes estacou, abriu os dedos e deixou voar para o chão as tiras do seu discurso. Acudiram todos; receberam-no nos braços, deitaram-no no seu grande leito de peroba, e, quando olharam de perto para o seu rostinho lívido, viram que das suas pupilas fundas a última mosquinha de ouro tinha partido, como a última abelha do cálice de uma flor murcha.

Então, a mais calma das filhas reuniu as tiras esparsas do último discurso do pai, dobrou-as e meteu-as carinhosamente no bolso da casaca, tal e qual como se ele, em vez de ter de ir para o cemitério, tivesse de ir para o Instituto!

333 Derramamento, cascata.

NO MURO

A Julião Machado[334]

Ao fundo do quintalzinho, o alto muro branco estava na sombra. De um único canteiro, à esquerda, evolava-se o aroma de manacás em flor. Do outro lado, a haste débil de uma árvore nova, uma arália talvez, balançava, em meneios vagarosíssimos, a sua folhagem mimosa e leve.

Tudo em silêncio na casa. As crianças dormiam já, abatidas pelo calor; a criada mal dera as boas noites, e lá saíra pela porta fora; só Maria Tereza, repousada da confusão do seu dia trabalhoso, cerrava os olhos preguiçosos, para cá e para lá, na cadeira de balanço, perto da janela da sua sala de jantar.

Nem o gás quebrava o silêncio que a envolvia. A claridade é uma voz; só a treva é muda. Aprazia-lhe aquele sossego a que entregava descuidada o corpo e o espírito. E assim esteve muito, muito tempo, com o seu rosto de histérica, longo e pálido, volvido para o escuro do quintalzinho estreito.

Mas a lua, que há pouco lhe clareava a frente da casa, as cortinas rendadas e os tapetes do escritório e da sala, lembrou-se de lhe galgar o telhado e de ir insinuando pouco a pouco a sua luz melíflua[335] pelo alto muro branco do quintal.

334 Julião Félix Machado (1863-1930) foi um caricaturista português nascido em Angola e que revolucionou as artes gráficas no Brasil nas revistas ilustradas do final do século XIX.

335 Agradável, harmoniosa.

Maria Tereza, descerrando os grandes olhos pardos, viu a claridade vir lambendo a parede, numa carícia mole e frouxa. Ela bem sabia que aquele grande laivo escuro, desenhando no alto uma ligeira curva e descendo depois em uma linha reta perpendicular, era um pouco de limo e mais nada. O muro velho requeria concerto; tinha, entretanto, intervalos de uma alvura virginal, que brilhavam à claridade, como linho estendido.

Maria Tereza sorriu; que visão aquela! Dir-se-ia que a longa fita escura se movia agora em uma oscilação lenta, arrastando o seu longo corpo de réptil.

Na verdade, uma cobra andaria assim?... E mais adiante, falhas de caliça[336], umas esguias, outras redondas, quadradas ou elípticas, entravam a mover-se, a adquirir formas estranhas, mal distintas, incertas, que no tremor da luz mal firme se dissolviam para tomar novamente corpo e forma... Ao princípio aquilo tudo era mal esboçado, confuso e inculto; mas, de repente, como a luz caísse melhor, Maria Tereza viu, como se olhasse para um espelho singular, refletida no muro a sua vilazinha mineira, de onde o marido a trouxera para a vida turbulenta da cidade.

Tal e qual! Lá estava no alto a capela da Conceição, com o campanário, a casa do padre e aquela grande nogueira, cujas nozes magníficas ela ia colher com a Josefina, a irmã, e mais o namorado...

Embaixo, um pedaço de tijolo nu, não é que reproduzia, em miniatura fiel, o largo da vila, com as suas casas abarracadas, espaçadas e desiguais? E aquelas figuras, que no começo se assemelhavam a animais informes, não se moviam agora quais criaturas humanas, umas embiocadas[337] em mantilhas[338], a caminho do outeiro e da igreja, outras à beira do rio, lavando aqueles lençóis cor da neve que tanto brilhavam à luz?

Que tolice! Maria Tereza, melhor que ninguém, sabia que aquele tufo de vegetação que irrompia do muro não era a grande floresta da sua saudosa vila... era uma touceirinha[339] de erva de bode

336 Reboco.
337 Escondidas.
338 Manto fino e rendado com que as mulheres cobrem a cabeça.
339 Moita.

que ela por desleixo não mandara ainda arrancar... Sabia; mas que lhe importava? Aquilo representava agora ali o papel sagrado de floresta virgem...

Era um dos raros pedaços da Terra não maculados ainda pelos pés do homem; o altar puro e sublime do Deus grande, poderoso e único!

Alma de crente, alma de ingênua, espírito propenso ao sobrenatural, Maria Tereza acreditava quase que os seus olhos viam uma verdade; e assim, saudosa da sua terra natal, delineava-lhe os contornos, em um grande fervor de imaginação...

Uma oscilação do galho da arália cortou com uma pincelada negra o encanto do quadro... a árvore voltou à posição natural, mas as figuras do muro pareciam já outras, embaralhadas, dançando no tremor da luz.

Era uma procissão, talvez... frades com capuzes seguiam a passo, nos seus hábitos escuros... Ao longe, na bruma, após um lago de neve, um alto castelo esguio se confundia com as nuvens...

Maria Tereza lembrou-se das velhas histórias medievais que lhe contava uma escrava da família, mulata nortista, de inteligência viva e falas mansas... a Teodora.

Seria a alma dela, que a visitava nesse instante de sossego e de solidão, e, doce, quieta, bondosa, lhe reavivava, em painéis rápidos, as passagens da sua infância?

No *Cavaleiro da Pluma*[340] lembrava-se de uma cena idêntica: os frades iam cantando em coro ao castelo da princesa morta. Mas, assim corno nem os médicos chamados pelo rei a puderam salvar, também as orações dos frades não a ressuscitaram...

E foi então que o *Cavaleiro da Pluma,* num corcel branco, galopou através montes e vales e trouxe à exânime princesa a vida com um elixir roubado ao deus Cupido.

A velha Teodora estrelava as histórias com as suas frases de ouro bruto. Seria mesmo a alma esquecida da mulata quem vinha num raio da lua desenhar tais coisas em um muro branco?

A Maria Tereza parecia então ouvir, em um sussurro delicado e longínquo, a voz da escrava, dizendo:

340 Personagem medieval do século XVIII. Considera-se que o Cavaleiro da Pluma Vermelha tenha sido pretendente ao trono da Inglaterra Charles Edward Stuart.

— Lembra-se, Iaiá?!

Pobre Teodora! De nada se esquecera Maria Tereza, a não ser dela, a sua escrava velha e imaginosa, que lhe florira a infância com os seus contos sem par, histórias em que os heróis eram deuses de grandiosos feitos...

Lembrava-se da sua vila, das casas dos amigos, mesmo dos mais indiferentes, das árvores, tais como a nogueira do padre, e do rio, das noites de dança, das festas da igreja, dos pais, das irmãs, das suas rixas, dos seus abraços, das fazendas dos arredores, de tudo... menos dela, da mulata Teodora, que, já velha, passava noites em claro a embalar-lhe a rede, que lhe refrescava o corpo com o banho, que lhe penteava os cabelos, que lhe engomava os vestidos, que a perfumava, que lhe dava os primeiros doces de qualquer tachada[341], que lhe contava as mais compridas histórias de fadas que nunca língua humana soube dizer!

O Natal... o Ano Bom... os Reis... tudo isso despertava saudades no espírito de Maria Tereza; — de todos e de tudo se lembrava com lágrimas, e em nenhuma vira nunca refletida a figura simples da velha Teodora, risonha, doce e plácida...

A alma da escrava vinha pela primeira vez fazer-se lembrada à sua Iaiá sem um queixume. Ela, que morrera no exílio, longe da sua terra quente de palmeiras e de sol; ela, que por lá deixara os filhos, não tivera assomos nem impaciências para a criança alheia que lhe puseram nos braços ainda tristes e saudosos do seu fardo amado... e era aquela dedicação pura e heroica, que só agora ela compreendia, de relance, como se lhe fosse lembrada pela mão invisível de Deus.

E no muro branco, nos laivos do limo, nas manchas da umidade, nos esboroamentos da caliça, a lua pálida, sem nuvens, esfumava os quadros fugitivos da sua vida passada.

As cenas régias das histórias da mulata eram substituídas por outras: as romarias, os pomares, a estrada e o cemitério... Lá estava o túmulo da mãe de Maria Tereza, de altos mármores e coroas de flores... lá estava o da irmã... os dos avós... os de outros parentes mais afastados...

341 Recipiente onde eram feitos doces.

E o da velha Teodora?

Esse, a imaginação de Maria Tereza não pôde descobri-lo... Estaria além entre as covas rasas, sem uma cruz... sem um número?

Estivesse ou não, a alma da escrava não lhe ensinou o caminho e depressa mudou para um cenário risonho o triste cenário da morte.

Maria Tereza ia desfalecer, quando se levantou de súbito e fechou a janela com brusquidão. Para que lembrar? A própria lágrima amarga é doce vista através da saudade. Que no velho muro branco a lua estendesse e recolhesse as sombras; ela fugia, salvando a sua alma abatida, à voz do marido que a chamava da porta.

Bem dizia a Teodora, no *Cavaleiro da Pluma:* há uma única força capaz de ressuscitar os mortose de alegrar os vivos: — o Amor.

AS ROSAS

O meu jardineiro era um homem de feio aspecto, todo coberto de pelos eriçados, vermelhaço de pele e de olhar desconfiado e sombrio.

Toda a gente me dizia:

— Olha que aquele sujeito compromete a tua casa! Põe-no fora!...

Mas, como ele era calado, metido consigo, e porque, principalmente, tratava muito bem das minhas flores, eu levantava os ombros:

— Não era tanto assim! O pobre homem! Aqueles modos de animal bravio[342], não os tinha de certo por culpa sua!

E assim íamos vivendo.

Uma tarde, em setembro, desci ao jardim. Que crepúsculo aquele! No céu, esgarçado de nuvens, a lua, em foice, brilhava já, e com tamanha doçura, que dava vontade à gente de não fazer outra coisa senão olhar para ela! Havia também no ar, transparente e calmo, tal delicadeza de colorido, que a minha alma ficaria nela estática, se os olhos, percorrendo tudo, não vissem logo a infinidade de rosas, que as minhas roseiras prometiam.

— Quantos botões, Mãe do Céu!

— Tudo isto abre esta noite — resmungou com voz soturna o jardineiro... — Amanhã haverá centenas de rosas no jardim!

342 Feroz, selvagem.

A minha fantasia desencadeou-se. Centenas de rosas frescas, todas abertas, deveriam dar uma graça nova àquele recanto, pouco acostumado a semelhante fartura de flores.

Eu mesma quereria colhê-las ainda frescas de orvalho: mandaria um ramalhete a minha mãe, cobriria de rosas a sepultura de minha filha, encheria de rosas a minha casa...

E, usando de uma forma imperativa e severa, pouco comum em mim, disse ao medonho e hirsuto jardineiro que não tocasse nenhuma flor! Seria eu quem as colhesse todas!

Ele curvou-se, em obediência.

***

Nessa noite, fui cedo para a cama, preparando-me para madrugar no dia seguinte. E tal era o meu propósito, que peguei logo num sono doce e tranquilo.

Eram seis horas e já eu estava no jardim. Como quem desperta de um sonho, apatetada, olhei à roda e só vi folhas... folhas e mais folhas verdes! Nem uma flor!

Gritei pelo jardineiro, e ele veio, como por encanto, num momento, mas com tal jeito e tão demudadas[343] feições, que tive medo.

Os olhos, de vermelhos, eram só sangue; a barba áspera, longa e ruiva, estava revolvida como por um vento de loucura, e nos grossos braços tisnados[344] tinha sinais fundos de unhadas...

— As minhas rosas?! — perguntei-lhe, disfarçando o pavor que a sua figura estranha me infundia.

— Estão aqui! — disse ele, com voz grossa, como um baixo de órgão de catedral; e caminhou para o quarto.

Fui atrás dele, espantadíssima, mal segurando a saia do vestido, que se não molhasse na relva, cheia de raiva e curiosa ao mesmo tempo.

***

O quarto do jardineiro era ao fundo, entre a horta e o jardim, ao pé de dois limoeiros da Pérsia, de gostoso cheiro. Ensombrando

343 Desfiguradas.
344 Queimados.

a porta, havia uma latada de maracujás, e, à esquina, encostados à parede, estavam os utensílios de jardinagem.

— Que quererá ele? — perguntava a mim mesma. De repente, estaquei: — Não entro — respondi, a um gesto que me fazia.

— Então, olhe daí! — replicou o homem bruscamente, escancarando a porta.

Encostei-me ao umbral para não cair. No meio do quarto, sob uma avalanche de rosas perfumadíssimas, entrevi o corpo de uma mulher.

— Era minha filha — disse o jardineiro, entre soluços que mais se assemelhavam a uivos que a dor humana —; um dia abandonou-me, correu por esse mundo... Esta noite, veio bater ao portão, muito chorosa... que o amante lhe batera... Ouviu bem, senhora?! Quis fazê-la jurar que desprezaria agora esse bandido, para viver só no meu carinho... só no meu carinho!... Eu havia de tratá-la com todo o mimo, como se fora uma criancinha... Fiz-lhe mil promessas, de joelhos, com lágrimas... Sabe o que me respondeu, a tudo?! Que amava ainda o outro! Cego de raiva, matei-a! Ah! Matei-a e não me arrependo... Antes morta por um pai honrado do que batida por um cão qualquer... Depois de morta... achei-a linda, linda! Mas, coitadinha! Vinha miserável, quase nua... tive pena, e para fazê-la aparecer bem a Nossa Senhora, vesti-a de rosas!...

Agradecemos aos apoiadores do Catarse, que ajudaram a viabilizar essa edição:

Noêmia Maestrini, Beth Araújo, Cláudio Lopes de Almeida, Júlia Moreira Ramos de Souza, Carlos Alberto Figueiredo Pinto, Dianzorena, Denis Jucá, Felipe Augusto Kopp, Ruth Danielle Freire Barbosa Bezerra, Fabio Di Pietro, Maria Carolina Amendolara, Daniel Prestes da Silva, Maria Celina Monteiro Gordilho, Anna Faedrich Martins Lopez, Gabriela Simonetti Trevisan, Nilton Resende, Luíza Dias, Ana Carolina Silva Chuery, Haroldo Ceravolo, Flavio Foschia, André Franciosi, Carolina Montagna, Cristiana Faria Valente do Couto, Maria Inês Farias Borne, Bruno Guaranys, Alex Dumbrosck, Luish Moraes Coelho, Pedro Lopes, Marco Antonio Konopacki, Renata Sanches, Luciana Fátima, Bianca Diara, Virgínia Souza Montarde Flores, Edienliv Adelia de Sáles Lins, Alexandra Mettrau G. G. P. Guedes, Claudia Araujo, Heniane Passos Aleixo, Danielle Dayse, Patricia Maria Peixoto Azevedo, Claudia Magalhães Khair Cunha, Luana Muzy, Fernando da Silveira Couto, Diogo Vasconcelos Barros Cronemberger, Jaqueline de Almeida Oliveira, Oracir A. P. Prado, Maria Beatriz Fontes de Andrade, Flavio Azevedo.